初恋のひと

パトリシア・レイク
細郷妙子 訳

FATED AFFAIR

by Patricia Lake

Published by Harlequin Japan,
a Division of K.K. HarperCollins Japan, 2024

パトリシア・レイク

ハーレクインの黎明期を支えた作家。港町リバプールで生まれた。イギリスの古典文学を愛し、早くからエッセイなどを執筆。美術学校を出て、訪れたヨークシャーの田園風景に魅せられて定住。作家活動に入った。

◆主要登場人物

ターリア・モンタギュー……秘書。子守り。
ケイト……………………ターリアの友人。
レオン・ミラー…………ターリアの雇い主。
アリシア・ミラー………レオンの妻。
ジェイク…………………レオンの息子。
アレックス・ジョーダン……レオンの友人。実業家。
ジョアナ・ドミニク……アレックスの秘書。
マッティ…………………アレックスとターリアの息子。

1

ターリアはバスを降りながらかすかな吐き気を覚える。長い道のりだったし、バスは風通しが悪くて息が詰まりそうだった。

深呼吸をして気持を静め、腕時計をのぞいた。約束の時間にはまだ少し早い。フラットを出る前に何か少しでも口に入れてくればよかった。

不安やら空腹やらで気が遠くなりそうになる。ここ何カ月間かの心労がターリアの張りつめた青白い顔に出ていた。なぜかわからないが、これが自分の人生を立て直すための、そしてなんとかマッティとの将来の生活の保証を確かなものにするための最後のチャンスのような気がする。この面接はしくじってはいけない。今までのようにへまをするわけにはいかないのだ。そう考えると、ただでさえ重荷を負った心に岩でものしかかったような気分になる。

ターリアは細い田舎道を足早に歩き出した。日光がじりじりと照りつける。ひどく暑い日だった。風ひとつなく、空気は草と花の匂(にお)いにみちている。陽炎(かげろう)が地面からちらちらと立ち上っていた。

家はすぐに見つかった。せかせかと腕時計に目をやり、光沢のある金褐色の髪を後ろに撫(な)でつけ、しゃれた絹のスーツを点検する。胃が急に引きつった。

もう一度ぐうっと息を吸いこんで、どうにか落ち着こうと努める。思い切って重い鉄の門を押し開け、長い車回しをさっさと歩き出す。石造りの大邸宅の正面玄関に着くまで歩を止めなかった。

美しい屋敷だった。この仕事を確保しなければ、という思いがいっそうつのる。

腕時計を見るのはこれで三回目だ。針は約束の時間をぴったりと指している。呼び鈴を押して待つ。自分の心臓が音をたてているのがわかった。いくらも待たずにドアがぱっと開き、背が高くて黒っぽい髪の若い男が目の前に立っている。年のころは十七ぐらいだろうか？

好奇心をあらわにした青い目と、ターリアの目とが合った。「こんにちは。モンタギューさんでしょ？」アメリカふうに柔らかく引き延ばした声音は人なつっこい。「時間ぴったりですね。レオンが喜びますよ」

ターリアはにっこりした。青年の打ち解けた態度で少し気が楽になったのだ。「ターリア・モンタギューです。ミラーさんと二時にお約束してあります」

青年は手をさし出して微笑を返す。「ぼくはレオンの息子のジェイクです。どうぞお入りください」

二人は握手を交わした。格式ばらない青年が気に入ったのはさい先がよい。ジェイクはターリアを贅沢(ぜいたく)な造りの居間に通してたずねた。「コーヒー、いかがですか?」

ターリアは首を横に振る。何か飲もうなどと考える気さえ起きない。面接を早くすませてしまいたいということしか頭になかった。「いえ、結構です」

青年の青い目を思いやりの色がよぎった。「あなたがいらっしゃったことを父に知らせてきます。心配しないでください。大丈夫、うまくいきますよ」

心遣いに礼を言う間もなく青年は出ていった。向きを変えて室内にうつろな視線を走らせる。淡いブルーと深みのある赤に統一された装飾がすばらしい。取り澄ましたところはまったくなく、くつろげて、しかも何か豊かなものを思わせるけだるい雰囲気が漂っている。面接に合格するといいのだが……。

「父がお会いしたいと言っていますので、書斎にご案内します」

ジェイクの声にターリアはびくっとした。いつの間に戻ってきたのか。「は、はい……。ありがとうございます」

ターリアのこわばった笑顔に目を向けてジェイクは気遣わしげにきく。「緊張してるんですか?」

ターリアはこっくりをした。

「緊張なんかしないで。ぼくにはあなたがきっと合格するという予感があるんです。さあ、行きましょう」ターリアは無理に笑ってみせて、ジェイクの後から居間を出た。この青年みたいにのんきでいられたらどんなにいいか！

アーチ型の木のドアをジェイクがノックする。中から声が聞こえた。ターリアは胃が引きつるのを感じる。

「がんばって」ジェイクが笑いかける。「父は口ほど悪気があるわけじゃないんですから」

ターリアはジェイクが開けたドアの中に足をふみ入れた。本に囲まれた大きな書斎である。どっしりしたマホガニーの机の向こう側から男が立ってきた。

男がターリアに素早い視線を浴びせる。ほんの二、三秒のうちに何もかも見通されて評価がすんでしまったのではないか。そんな気にさせられる男の目だった。

「モンタギューさんですね。どうぞお掛け下さい」

ターリアは丁重な返事と精いっぱいの微笑と共に腰をおろした。上目使いに男を見上げる。レオン・ミラーは堂々とした体格で髪は黒く、目鼻立ちのはっきりした美男だった。四十代前半ではないか。息子と同じように感じのよい打ち解けた笑い方をする。ターリアの不安は消えた。情け容赦のなさが表情にうかがえるのに一目で相手が好きになった。

レオン・ミラーは富と地位をあわせ持つアメリカ人の実業家だ。情け容赦のない面がなかったら、これほど高い地位に上れなかっただろう。

「モンタギューさん、あなたがあんまり若いんでびっくりしました。はっきり言ってしまおう。わたしが探しているのはもっと年配の女性なんですよ」レオン・ミラーの声がターリアの物思いを破った。間延びしたアメリカ訛りは言葉の深刻さとそぐわない。ターリアは焦って言った。

「私、年配の方とまったく同じような仕事ができます。本当なんです、ミラーさん」面接は始まったばかりなのに、もう採用しないと決まってしまったような口ぶりではないか。黙って引き下がれるほどの余裕はありはしない。

「仕事の内容はわかってるんですか？」レオン・ミラーは葉巻に火をつけ、煙をすかして濃いブルーの目をターリアから離さない。表情からは何も推し量れなかった。

「三人のお子さんの世話だと斡旋所の人から聞きました。それと家事全般もあると……」

「なかなかきつい仕事ですよ、実際」レオン・ミラーが話を引き取ってしまう。「こういう仕事の経験はあるんですか？」

「子供の世話についての経験はあります。家事のほうも軽くこなせると思いますわ」自信がありげなのは口ばかりだった。それでもにこやかな笑顔をくずさないように努める。

「絶対にきちんとやれる自信があります。使ってみてください。おわかりになりますから」

柄にもなく強引だと我ながらあきれるがやむをえない。どうしてもこの機会を逃すわけにはいかないというせっぱつまった気持だった。

「いくつなんですか、あなたは?」濃いブルーの目がまだターリアの顔から離れない。年齢をごまかそうかと、ちらと思う。が、すぐに考え直した。

「二十二です」レオン・ミラーの眉がわずかにつり上がる。「でも、だからといって仕事ができないとは限りませんわ。お子さんたちにとっては年が近いんで、かえってなつくかもしれません」レオン・ミラーが葉巻の火を消すのをターリアは息をつめて眺める。やり過ぎだろうか?　美しい目が知らず知らず懇願していた。

「どうしてこの仕事にそんなに執着するんですか?」

気のせいかもしれないが、鋼鉄のような青い目も妥協を許さない口元もかすかに和んだ。

「いい仕事って、なかなかないですから」

「それじゃ質問の答えになっていない」マッティのことを打ち明けるべきか、否か?　一瞬ターリアは迷った。その望みはほとんどないにしても、仮に採用されることになったら打ち明けないわけにはいくまい。だめならだめで元々ではないか。

「実は私、まだ小さな息子がいるんです。このお仕事だと住み込みにさせていただけるのがありがたくて……」レオン・ミラーは目をみはっている。

「ご主人は?　離婚したんですか?」

「結婚はしていません」これで何もかもおしまい。帰らなくては。ターリアはほぼあきらめた。

「もう少しくわしい話を聞かせてくれませんか?」優しい口調だった。もう一本葉巻に火をつけている。

「語るも涙の話で」冗談めかして軽く笑いながら、ターリアは内心驚く。面接が打ち切りにならないとは。これまでの経験だと、未婚の母だと言ったとたんに万事休すだった。

「話が長くなるならコーヒーぐらい飲みませんか」

レオン・ミラーの笑顔も驚きだった。まだ脈があるのだろうか?「ありがとうございます。いただきます」ターリアの目に輝きが戻った。

五分後、ジェイクがコーヒーのトレイを手に入ってきた。ターリアに向かってにこっと笑いかけ、話し出そうとしたが、父親の表情に気づくと黙って出ていった。

「ジェイクはあなたにぞっこん参っちゃったらしいな」レオン・ミラーはコーヒーを注いでいる。

ターリアは面食らって口ごもる。「すぐに気が合ったらしいんですけれど」なぜかわからないが望みが出てきた今、ばかなことを口にして台なしにならなければいいが。

「今までの応募者はみんな気に入らなかったのに、あなただけですよ。あの子の眼鏡に適ったのは」

ターリアは黙ってほほえんだ。

「息子さんの名前は?」レオン・ミラーが不意にたずねる。ターリアは愛情をこめて息子の名を言った。

「マッティといいます」

「いくつ？」

「もうすぐ三歳になります」

「失礼だが、マッティのお父さんは？」

「マッティが生まれたことも知りません。私にとってはそれで何も文句はないんです」ターリアは唇をかんだ。よりによってこんなときにアレックスのことを思い出したくなんかない。

「気を悪くされたんだったら謝ります」

「いえ、私こそ。ただ、一緒だったときのことを……マッティの父親と一緒だったときのことを思い出したくないんです」

「わかります。今はどこに住んでるんですか？　それと、前の仕事っていうのは――子供の世話なら経験があるということだったが？」

ターリアはため息をつく。「いろいろあって……」

「最初から話してごらんなさい」

「マッティが生まれる前は広告代理店の秘書をしていました。子供ができて仕事もやめなくてはならなくて、フラットにもいられなくなったんです」

「ご両親は？　めどがつくまででも援助してもらうわけにはいかなかったんですか？」

「母は私が十七のときに死にました。そのときはもう両親から独立してロンドンに住んでいたんです。父はほとんど間をおかずに再婚してニュージーランドに移住しました。もともと父とは疎遠だったんですが、今はクリスマスと誕生日に便りがくるだけです」淡々とした声音だった。船員という職業のせいもあるが、子供のときからターリアは母と二人だけで暮らしていたような気がする。よその人のように思っていた父が移住してしまっても父への思慕など感じたことがない。だが、この世に独りきりになってしまったのだけはさすがにこたえた。

もちろん父は、ターリアもニュージーランドに来て新しい妻と三人で暮らそうと手紙に書いてきた。けれどもそれは父親としての義務感から出た提案に過ぎないだろうとターリアは考えた。父は父で新しく出直そうとしているのに、自分が行っては邪魔になる。自分は、といえば仕事にもロンドンの生活にも不満はなかった。やがて、程なくアレックスに出会って……。

ターリアは回想を無理やり打ち切る。どうしたらあの迫力ある美貌を思い出さずにすませられるのだろうか。冷徹な灰色の目。硬質でいて肉感的な唇。いや、もう決して考えるのはよそう。

「で？　それからどうしたんですか？」レオン・ミラーが静かな声で促した。

「子持ちではないということがフラットの契約の条件でしたから出なくてはなりませんでした。幸い友だちの紹介で、フランスに住んでいる家族の乳母という働き口が見つかって、二年間その家で子供の面倒をみていたんです。ところが、その夫婦が離婚したために失業してしまいました。今のところは友だちのフラットに同居させてもらっているんですが、狭い所ですし、友だちに迷惑をかけてるのが辛くて」ターリアは言葉を切って苦笑する。
「ディケンズの小説に出てくるみたいなみじめな話だとお思いになるでしょう。だからさっき、語るも涙の話でって申し上げたんです」

けれども、最も苦しくみじめだった日々の話は飛ばしてある。マッティをみごもりながらアレックスに去られ、家も職もなく、ほとんど無一文だったころ――思い出してもぞっとする。ターリアは精いっぱいほほえんだ。

「でも実際はそれほどみじめでもなかったし、人を頼らずに生きていくことも覚えましたからそう悪くもなかったと思います」

レオン・ミラーの青い目が微笑で和む。「いや、あなたの勇気に感心しますよ。実際はもっとずっと大変だったに違いない」

「つまらない話をお聞かせしてしまいました。今度は私が質問してよろしいですか？　まだ合格の可能性はあるのでしょうか？」会ったばかりの人間にいつの間にかあけすけな話をしてしまった自分に驚く。未婚の母というだけで事情も知らずに蔑みの目を向けられるのが常だったから、今まではかたくなに秘密主義で通してきた。レオン・ミラーには、人に心を開かせるところがあるのかもしれない。それにしても私生活についてしゃべり過ぎてしまった。きまりの悪い思いで彼の顔に目を向ける。もしかしたら無意識に同情を引こうとしていたのではないか？　何がなんでも仕事にありつきたい一心で。

レオン・ミラーは葉巻をくゆらしながらターリアを見ている。やがてその顔が微笑でほころんだ。

「モンタギューさん、三カ月は試用期間で、結果が満足だったらずっと働いてください」

半信半疑のターリアは、「本当ですか？」と口の中でつぶやく。

「本当ですよ」レオン・ミラーはほほえんだ。

「同情で採用してくださるんでしょうか。身の上話をしたりしたものだから……」

「適格だと思ったからです」終わりまで言わせずにレオンはきっぱりと言った。「正直だし、わたしも息子もあなたが気に入ったし。とにかくできるだけ早く人が必要なんです。いいですか？」

「結構です」ターリアは椅子から飛び上がってレオンにかじりつきたいのをやっとこらえた。たまりにたまった緊張がすっとほどけ、頭がくらくらする。レオン・ミラーが提示した給料は莫大(ばくだい)な額に思われた。ターリアは二つ返事で承諾する。

「住み込んでもらいますが、もちろん個室をあげます。ジェイクが一番上で、十歳のベルと六歳のビニーが下の子たちです。料理や掃除はロデールさんがやるから心配しなくてよろしい。わたしは仕事で家をあけることが多いから、子供の世話をしてくれるあなたのような人にこの家にいてもらいたいんです」レオン・ミラーはてきぱきと説明した。

ドアの外で物音がする。「ジェイク、入んなさい」レオンは笑いをかみ殺して言った。ドアがそろそろと開いて、照れ笑いのジェイクが顔をのぞかせる。「言わなくてもわかっただろう」

父親の言葉にジェイクは息を弾ませてターリアにきいた。「合格?」ターリアはこっくりをする。「よかった! いつから働けるんですか?」

レオン・ミラーが代わりに口を開く。「できるだけ早くがいいんだが、今週末ではどうですか?」

「はい、結構です」引っ越し荷物といっても少ししかない。

「よし、決まった。ところであなたの名前はなんというんですか? モンタギューさんと呼び続けるわけにもいかない」

「ターリアです」

「よし、ターリア。ぼくのことはレオンと呼んでくれたまえ。この家では堅苦しいことはいっさい抜きなんだよ」

それから一時間がまたたく間に過ぎた。ロデール夫人は優しそうな感じのやせた婦人で、二人はコーヒーを飲みながら話をした。ターリアに与えられた続き部屋は風通しがよくて明るく、マッティと二人には広過ぎるくらいである。末っ子のビニーは友だちの家に遊びに行って留守だし、ベルはバレエのおけいこに出かけているというジェイクの話だった。

帰りはレオンが車でケイトのフラットまで送ってくれた。引っ越しの日も車をよこすと言う。ターリアは大型車の前の座席に夢見ごこちで掛け、マッティと母子二人の生活がやっと保証された喜びをかみしめていた。

フラットの玄関で待ち構えていたケイトは、ターリアの顔を見るなり矢継ぎ早にたずねる。「どうだった？　あのすごい車に乗ってたのがレオン・ミラー？　どんなだったの？　どんな人、彼？」

口をはさむ暇もなくてターリアは笑い出す。「そう、あの人がレオン・ミラー。採用されたのよ。この週末には仕事を始めるの」

二人は抱き合って、ぴょんぴょん飛びはねながらフラットに入った。床に座って遊んでいたマッティの澄んだ灰色の目が母親を認めたとたんにぱっと輝く。ターリアは柔らかい頬にそっとキスをして、ケイトが差し出す紅茶のカップを受け取った。

「ねえ、聞かせてよ。どんなふうだったのか」

ケイトにせがまれてターリアは一部始終を話した。「まだ信じられないくらい、うまくいったのが」

ケイトはにっこりした。「私、とっても嬉しい。このところずっとあなたのことが心配でたまらなかったの。すっかりやつれちゃったんですもの」

「まあ、ケイト。そんなに心配してくれなくたってなんとかなるものなのよ」ケイトの思いやりに心を動かされてターリアは改めて友だちのありがたみを実感する。ケイトは学校時代からの友だちだった。ひどくやせた長身で、強い性格の持ち主である。夫とは別居中だった。結婚したのが若過ぎたというのがケイトの口癖だ。勤めを最近やめて著作を始めた。ターリアは失職したときから同居させてもらっているが、職探しに出かけるときは、仕事をしながらケイトがマッティをみてくれていた。狭いフラットだから書きものをするケイトの集中を妨げることになるのはわかっている。ケイトの親切に報いるただひとつの方法は、できるだけ早くフラットを出ることだった。

「ねえ、お祝いしましょうよ、今夜は。外でお食事しない？　母に頼んでマッティの子守りに来てもらうわ。あなたはこのところ外出もしたことないじゃない。今日はちょうどいい機会だわ」

ターリアは浮き浮きした顔でうなずく。ケイトの言うとおりだった。今まではこれからの生活が心配でそんな気にもなれなかったし、わずかな蓄えを遊びに使うわけにはいかなかった。

「いいわ。ただし、今夜は私のおごりよ。こんなに親切にしてもらったお礼。いいこと?」

ケイトは上機嫌で笑い出す。「結構です」

マッティを寝かしつけて、ターリアはシャワーを浴びた。看護師だったケイトの母が二十分後には来てくれることになっている。黒い絹のドレスに着かえ、化粧をした。金褐色の髪を肩に垂らし、鏡をのぞく。うぬぼれ抜きで自分を美しいと思った。黒い絹に包まれた官能的な体の曲線も、透き通るように白く繊細な顔だちも非の打ちどころがない。

テムズの河畔までタクシーに乗り、二人は議事堂近くのレストランに入った。食前酒を飲みながら、もう一度レオン・ミラーの話になる。

「いいわねえ。素敵な男じゃない」ケイトが羨ましそうな声を出した。

「ええ、素敵よ。でも奥さんはどうしたのかしら?　面接のときから気になってたんだけど」

「あら、新聞で読まなかった?　二、三週間前にさんざん書きたてられてたじゃない」

「なんのこと?」ターリアはけげんな顔をしてきく。

「アリシア・ミラーよ。思い出さない?」

ターリアは眉間にしわをよせて考えこむ。「ああ、モデルの?　え?　あの人が奥さんなの?」

「そうよ。若いロックの歌手とローマに駆け落ちした――いやあね、あんなに騒がれてたじゃないの!」

「そうか——全然気がつかなかった。でも、子供たちはかわいそうだったわね。あんなスキャンダルになって」ターリアには、有名な売れっ子モデルのアリシア・ミラーと、今日の午後訪ねた家とがなかなか結びつかない。あの目をみはるほどの美女がレオンや子供たちとあそこに住んでいたのだろうか？　アリシア・ミラーから日常生活の匂いを感じることは不可能だった。

柔らかな照明に照らされたテーブルでおいしい料理を食べながら、二人はケイトの本のことやターリアの引っ越しについて話し合った。食後のコーヒーが出た。ケイトの話に笑い声を上げてターリアは豊かな髪の束を耳の後ろにかき上げる。そのとき、向かい側の席に一人の男が案内されてきた。

ターリアは目を疑った。全身の感覚がなくなったような気がする。アレックス・ジョーダン！　まさか！　この世でただひとり愛し、憎んだ男——マッティの父親だった。一瞬、自分の心臓が止まったのではないかと思う。四年近く会ってもいないし、会いたくもない。その相手がほんの二、三メートル先に腰を掛けているのだ。同伴者はいないが、テーブルには三人分の支度がしてある。四年前とちっとも変わっていない。心に焼きついているあの顔にごくわずかな変化があったとしても見逃しはしないだろう。とりわけ忘れられないのは唇と目だった。鈍感ではいられない唇の形。心乱される灰色の目は時として冷ややかな銀色の光を放ち、時として物憂げな情炎の色に濃く染まる。富や力がおのずから洗練された物腰に出ていた。耳を聾するばかりに動悸が激しくなっていく。目はアレックス・ジョーダンからそらさずにコーヒー・カップをのろのろと置いた。怖いほどマッティとよく似ている。胸中を荒れ狂う嵐でむかむかしてきた。それでも目を離せない。どうして、よりによって今夜、この場所で会わなくてはいけないのか？　やっと職が見つかって親友とくつろいだひとときを過ごしているというのに。何もかも俄に消え失せ、残るは怒りと恨み、そして憎しみばかりだった。

　ただならぬ気配が伝わったかのようにアレックスが不意にこちらを向いた。無表情な灰色の目が瞬時に変貌する。二人は食い入るように見つめ合った。なぐられでもしたような痛みをターリアはみぞおちのあたりに感じていた。

「ターリア、どうしたの？」友だちの異変にいち早く気づいたケイトが心配そうにきく。

ターリアは口ものどもからからで声も出せない。

「ターリア！」ケイトが声を高くした。「気持が悪いの？」

ターリアはやっと首を横に振る。視線を無理やりアレックス・ジョーダンの顔から引きはがした。女が一人、テーブルに近づいてきた。アレックスは立ってにこやかに女性の手を取り、その手を唇に持っていく。女性の年のころは六十に近いだろうか。若い日はさぞ美人だっただろうと思われる。身なりも態度も上品だが、白髪が目立つ女性だった。

「私……私、帰りたい」ようやく声が出た。

ケイトが眉をひそめてたずねる。「いったいどうしたの？」

「アレックス・ジョーダンがいるの」

「えっ？　ここに？」

「あなたの後ろに座ってる」ターリアは引きつった顔でよろよろと立ち上がった。あの男にどう思われたっていい。とにかくこの場を離れたい。それしか頭になかった。「ごめんなさい、ケイト。帰らせて、お願い」

「ちょっと待って。私も行くから」

ターリアは歩き出していた。アレックスに見られているのはわかっている。

ケイトが勘定を払い、ターリアのコートを受け取って、タクシーを呼んだ。タクシーの暗い車内に座るとターリアは空を見つめて黙りこくってしまった。ケイトが差し出すたばこを震える手で受け取る。

「大丈夫？　ターリア」

「ええ」しわがれ声でターリアは答えた。「ただ、あんまりショックで……こんなに何年も会わなかったのに……急だったんで……」蒼白だったターリアの顔に血が上る。「いきなり逃げ出したりしてみっともないことしちゃったわね。ごめんなさい。せっかくのお食事も台なしにして……ケイト、本当にごめんなさい」

「いいのよ、そんなこと。食事も終わってたんだし」

アレックスがマッティの父親だということはケイトも知っている。だが、くわしい話はケイトにもほかの誰にもしたことがなかった。苦痛が激し過ぎて人に言えなかった。

こんな振る舞いをした以上、ケイトにもおおかたの察しはついたのではないか。ターリアの頭にあることがひらめいた。「ケイト、お願い。マッティのことは絶対にあの人にしゃべらないで。お願い、アレックスにはどんなことがあってもマッティのことを知られたくないの。ね、ね、ケイト」動転していて言葉はうわごとのように流れ出てくるだけだった。「約束して、言わないって」何度も何度もくり返す。

ケイトは信じられないという顔になった。「アレックスは知らないの?」

「ええ、知らないし、知られたくないの」

「ターリア、だって、あなたは……」

「マッティが生まれる前からアレックスは権利を放棄したんだから、言う必要なんかまったくないわ」口調は冷ややかだが、張りつめた糸が切れそうな危なっかしさがある。ケイトははっきりと言った。

「大丈夫。絶対に言わないわ」

ターリアは全身の緊張を解き、「ありがとう」と辛うじて言った。疲れ果ててフラットにたどり着き、文字どおりベッドに倒れこむ。寝苦しい一夜の浅い眠りにもアレックスの厳しい顔がまつわりついてきた。

2

翌日、ターリアはマッティと自分の衣類をまとめ始めた。が、ともすればアレックス・ジョーダンが頭を占領して作業の手が鈍る。忘れたと思いこんでいた記憶の数々が昨夜の衝撃的な再会をきっかけによみがえってきた。

コーヒーで一休みすることにした。傍らでマッティが歌いながら独り遊びに熱中している。働き口が見つかったのは、自分はもちろん、マッティにとってもいいことだろう。ほかの子供たちと遊べるし、広い庭を思う存分駆け回ることもできる。

寝室からケイトのタイプを打つ音が聞こえてくる。ケイトにとっても本当によかった。彼女もこれで独り静かに仕事に集中できるだろう。

万事うまくいったのだから、もっと幸せな気分になれるはずなのになぜか疲労感がひどく、気が滅入(めい)って何をする気力もない。

午後遅く、マッティを公園に連れていって遊ばせた。外の空気を吸って伸び伸びと駆け回ることも子供には必要だし、ケイトも一息つけるだろう。暖かい日なたの草の上に腰をおろした。父親とボール遊びをしている同じ年ごろの男の子を見て、マッティはターリアの方を振り返る。

「あの子、お父さん（ダディ）いるよ」

「そうね」ターリアは額に垂れかかる髪をかき上げて息子にほほえみかけた。

「どうして、ぼく、ダディいないの？　ジェニーもポールもいるのに」

ターリアは言葉に詰まる。どう言ったらいいのだろうか？　澄んだ灰色の目がじっとターリアの目をのぞいている。しばらくしてからターリアは言った。

「どの子にもダディがいるとは限らないのよ」もとよりこれでは答えになっていない。マッティは眉根をよせてもっとききたそうにする。アイスクリームを買ってあげると言ってその場はごまかした。こんな姑息（こそく）なことをしてはいけない、と思いながらも、父親について説明したところで理解できる年齢ではないからと自分を納得させる。

成長するにつれマッティが父親のことをきく回数が増えている。いずれ本当のことを話さなくてはならないだろう。それはターリアが絶えず恐れ、気になりながら、なるべく考えないようにしている問題だった。

初めてアレックスに会ったときのことを昨日の出来事のように鮮明に覚えている。

上司のマーク・フィッツジェラルドにアレックスが会いに来たとき、ターリアはタイプを打っていた。アレックス・ジョーダンが最大の得意先になったことは社内に知れ渡っていた。マークは有頂天だった。

ターリアは仕事に熱中していて、アレックスが入ってきたのにも気がつかなかった。たまたま顔を上げると、男の客がドアを閉めている。

もとよりそれが誰であるかはすぐにわかった。けれども、ひんやりした灰色の目と目が合うと身内が震えるほどどぎまぎしてしまった。

「こんにちは」アレックスは笑いかけた。「マークはいますか?」アレックスの目はなぞるようにターリアのつやつやした髪と初々しい唇のあたりをたどっている。

「今はおりません。でもすぐに戻ってまいります、ジョーダンさん」声がかすれてしまう。うわずりそうになるのをこらえたからだ。

「待たせてもらいましょう」ターリアが赤くなったのを見てアレックスはかすかに笑う。アレックスはターリアの机の前に置いてある革の安楽椅子のひとつにどっかと腰をおろした。うつむきながらターリアはアレックスをそれとなく観察する。思ったより背が高い。一メートル八十五センチ以上あるのではないだろうか。筋肉質のたくましい体は上等な仕立てのスーツの上からもわかった。

気にしないで仕事に集中しよう。そう思っても無理だった。タイプのキーの上を指が勝手に跳ね回って、初心者でもしないような間違いをしてしまう。どういうわけか心臓がばくばくと音をたてている。

「たばこを吸ってもいいですか？」予期せぬ質問にターリアはびくっとした。アレックスに向けた顔がみるみる赤らむ。

「あ、どうぞ。コーヒー、お持ちしましょうか？」今ごろコーヒーに気がつくなんて、間が抜けている。

「いえ、結構です」

ターリアはすぐに下を向いた。それでいて、盗み見ずにはいられない。アレックスは細い葉巻を口にくわえている。

手に、まず目がいく。日焼けした男っぽい手。高い頬骨からあごにかけての陰影のある鋭い輪郭。抵抗し難い魅力だった。ひんやりした灰色の目は理知的でいて色っぽい。ターリアの目はひとりでに吸いよせられていく。

二人の目がもう一度結びついた。ターリアは目をそらす。一体どうしたというの！　ばかみたいに男に見惚れちゃって。心の中で自分を叱った。けれども、こういう男は生まれて初めてだった。

有名人だから、どういう人かくらいは知っている。途方もない大金持で、会社をたくさん持っている。よく働き、よく遊ぶらしい。上流階級の美しい女性たちもアレックスの言いなりになるという話だった。そして今こうして面と向かってみると、華麗な噂はすべてうなずける。

「名前を聞かせて下さい」美しい低音だ。ターリアの頭ががくっと上がる。

「ターリア・モンタギューです」不自然に高く細い声だった。

アレックス・ジョーダンは立ってゆっくりと近づいてきた。目をターリアから離さずに机の端に腰を掛け、片方の足をぶらぶらさせている。

ターリアは目を伏せた。胸がどきどきしている。アレックスは手をつと伸ばしてターリアのあごをつまみ上げた。「あなたは美しいひとだ」ゆったりとほほえんで続ける。「とても美しい。自分でわかってる？　ターリア・モンタギュー」

「からかっていらっしゃるということはわかっています」ターリアは静かに答えた。彼女が気持を傷つけられたことは茶色の目を見ればわかる。

アレックス・ジョーダンは首を横に振った。「どうしてぼくが、からかわなくてはならないのか？」

「マークを待っていらっしゃる間の退屈しのぎに」口ではやりこめたつもりなのに、全神経があごに軽く掛かったアレックスの長い指に集中していた。

「からかってなんかいない」透き通った灰色の目がしっかりとターリアの目をとらえる。

「本当にあなたは美しいひとだ」それからアレックスの目に微笑が戻った。「今晩、食事をつき合ってくれますか？」

聞き違いではないか？　ターリアは目をみはった。本当に自分が食事に誘われたのだろうか？

「今晩は忙しいの？」返事がないので、アレックスはたずねる。

「い――いえ、でも、どうして私をお誘いになるのかと思って……」ばかなことを言う女だとアレックスは思うだろう。後悔しても後の祭りだった。

「あなたとおしゃべりをしたいからです」

「だって、まさか……ほかにいっぱいいらっしゃるでしょう」またばかなことを言ってしまった！

「ほかの人じゃなくてあなたを誘っているんですよ」ターリアはまじまじとアレックスを見つめた。もちろん、何をおいても承諾したい。本心からそう思う。ターリアはにっこりする。まばゆいほどの微笑だった。その美しさにアレックスが心をとらわれているのには気がつかなかった。

「ありがとうございます。では、ご一緒させていただきます」口ごもりながらも丁寧に言った。

そして二人はマークが戻ってくるまで打ち解けて話をした。アレックスは冗談を言ってはターリアを笑わせ、ターリアの緊張もしだいにほぐれていった。緊急の打ち合わせから戻ってきたマークと一緒にアレックスは奥の部屋に入っていった。ターリアは天にも昇る心地で仕事も手につかなかった。

どうしてあんなに愚かなことをしてしまったのか。あの誘いを受けたのがそもそも間違っていた。かすれ声で「美しい」と言われたとたんに頭がおかしくなってしまったに違いない。十八歳というまだうら若い年ごろだったとはいえ、あれほどうぶだったのはどうかしている。アレックス・ジョーダンのような男が本気で自分に関心を持つはずがないではないか。最初の出会いから手遅れだったのだ……。

ターリアはぶるっと震える。日光が暑過ぎるくらいなのに。物思いから醒めてマッティに目を向けた。アイスクリームを食べ終わったマッティは疲れたのか、むずかりそうだ。マッティをベビーカーに乗せ、フラットに向かってゆっくりと歩き出した。今朝からずっと払いのけられなかった孤独感が黒い雲のように胸いっぱいに広がっていく。

フラットではケイトが夕食の支度をしていた。マッティに食事を与え、お風呂に入れて寝かしつけてからケイトの手伝いをする。ケイトは考えごとでもしているのか、あまり口を開かない。本のことで頭がいっぱいなのだろう、とターリアは思っていた。食後のコーヒーを飲み始めてからケイトが急に話し出した。「あなたがマッティと散歩に行ってるとき、アレックス・ジョーダンから電話があったわよ」

ターリアはみぞおちのあたりが引きつるのを感じた。なんだというのだろう？

「私にかけてきたの？」

「当たり前じゃない。あなた以外の誰にかける？」

「どうして私がここにいるってわかったのかしら?」四年間も音信不通だったのにもう住所をつきとめたとは。

ケイトは肩をすくめる。「さあ、なぜかしら」

「なんて言ってくれたの?」

「ターリアは外出中だからおことづけはありませんかって言ったら、あとでまたかけますって」

アレックスはどうして電話などかけてきたのだろう? 四年前にあれほどはっきりと二人の関係の終わりを告げてきたのに。マッティのことが知られたのだろうか?

ターリアはぐっと唾を呑みこんだ。「あなた……あなた、まさかマッティのことを……?」

「もちろん言いやしないわよ。言わないって約束したじゃない」ケイトはコーヒーのお代わりを注いだ。

「何が目的なのかさっぱりわからないわ。だってアレックスとは、お互いに何も言うことなんかないのよ。ねえ、ケイト。こんなお願いをして申し訳ないんだけど、今度かかってきたらもうここにはいないって言ってくださる? もちろん、レオン・ミラーの住所も教えないで」

「わかったわ」一息おいてケイトは静かに言った。「差し出がましいこときくけど――だから、〝余計なお世話よ〟って言ってくれてもいいの――ゆうべ、あなたひどく取り乱してたでしょ？　アレックスはマッティのことについて何も知らないって、あれ本当なの？」

ターリアはコーヒーをすすりながら考える。ケイトにはなんらかの説明をしなくてはいけない。「妊娠しているって言う暇もないうちに、アレックスから別れを宣言されたの。そのうちいろいろなことがわかって……。つまり、アレックスが信頼できなくなったの。会いたくなくなったのよ。あの人にはマッティのことは絶対に知られたくない。そんな権利も資格もあの人にはないわ。マッティが大きくなったらアレックスのことを説明するつもりだし、父親に会いたいとマッティが言ったらもちろんそうさせるわよ。でも今、マッティのことが知れるとアレックスにきっと取られてしまう。そんなことになったらとても耐えられないの。あの子がいなくなったら私、生きていく甲斐がないわ」ターリアの目に涙がいっぱいたまっている。「マッティに父親が必要なことは私にもわかっているわ。今もマッティのためによくないことをしているのかもしれない……。それでもアレックスとかかわり合うのはいやなの。わかってくれる？」

ケイトはため息をつき、ターリアの手に自分の手を重ねた。「もちろん、わかるわ。干渉するようなこと言ってごめんなさい。アレックスには何も言いやしないわ、絶対に」

ターリアは鼻をすすり、弱々しく笑った。「コーヒーをいれ直すわ」

それから数時間後、二人がテレビを見ていると電話が鳴った。近くにいたターリアが受話器を何気なく取る。一瞬、びくっとして心臓が大きな音をたて始めた。無言のままケイトに受話器を渡す。

「もしもし?」ターリアは耳を澄まして聞く。

「いいえ、ターリアはおりません」ケイトは落ち着き払って答える。「アレックス……」言いかけて肩をすくめ、受話器を置く。「切っちゃったわ。嘘だとわかったに決まってるわよ」

ターリアは震える手でたばこに火をつけた。「怒ってた?」

「そりゃ、怒ってたでしょう」

「どうして私と話したがるのかしら?」

ケイトはもう一度肩をすくめる。「さあ、それはわからないわ。でも、思い込んだらきかない人らしいから、なんとしてでも目的を遂げようとするでしょうよ」

ターリアはため息をつく。「ええ、あなたの言うとおりよ。逃げたりごまかしたりしてもだめだということがわかってるのに、私ってばかね」

それは本当だった。アレックスがターリアに会おうと一度でも思ったら、遅かれ早かれ会うことになる。避けようとしたりすれば、あきらめるどころかますます強硬になるのがアレックスの常だった。にもかかわらず、絶対にマッティのことを知られてはならない。

その夜もまたターリアは眠れなかった。二夜続きの不眠のせいで、目の周りに黒い隈ができ、顔色はふだんよりもいっそう青白い。気分も怒りっぽく、いらいらした。それが伝染してマッティもいつになくすねてはターリアをてこずらせる。昼ごろにはもう限界だと思うほど神経が苛立ってくたくたになってしまった。

仕事の打ち合わせから帰ってきたケイトは、ターリアを一目見るなり言った。「私がマッティをみていてあげるから、ちょっと散歩していらっしゃい。頭がすっきりして落ち着くわよ」

「ありがとう、歩いてくるわ。あなたがいなかったら、私どうなっちゃってたか――本当にそう思うわ」

その日も暑かった。袖なしの木綿のブラウスとジーンズに着かえて公園の方に向かう。顔に当たる日光の暖かい感触が快い。一人の身軽さも悪くなかった。歩いているうちに感情の高ぶりも筋肉のしこりも少しずつ消えていく。

考えごとに耽っていて、黒い車が前に停まったのにも、長身の男が運転席から滑り出たのにも気がつかなかった。真ん前に来てからターリアは立ちすくむ。

「久しぶりだね、ターリア」車のボンネットに体をあずけ、腕を組んだアレックス・ジョーダンは、ゆっくりとターリアを眺め回す。「やっと会えたぞ!」

ケイトの嘘をやんわりと当てこすっているのがターリアにはわかる。

動悸(どうき)が激しくなって口の中はからからだった。ものも言えずにターリアはおびえた目をアレックスに向ける。広い肩。引きしまった腰。四年前とまったく変わりない。落ち着こうと必死の努力をしながら、ようやく顔を見上げる。灰色の目からは心のうちをまったく量れない。

「口をきいてはいただけないんですかね？」

ターリアはやっと声を出した。「あなたに何か口をきく必要がありますか？」いまだに心乱されることが悔しくて、いっそうアレックスを憎く思う。どういう男か知った今でも平静でいられないとは。なんとかして逃げ出せないものか。ターリアは悟られないように目を周囲に走らせる。

いち早く感づいたアレックスは言った。「だめだ。話をするまでどこにも行かせないぞ」

「話ですって？　何を話さなくちゃいけないの？」

アレックスは笑い声を上げたが、目は笑っていない。「可愛いターリア。四年も会わなかったんだもの。話は山ほどあるだろう――たとえば昔の話とか」

「まあ、よくもそんな……」出かかった言葉をターリアはぐっと呑みこむ。

言い争ったり、アレックスのいやみに応酬しようとしたところでしょせん勝ち目はない。ふと、昔の上司のマークが言った言葉を思い出す。「きみ、気をつけたほうがいいよ。アレックスは必殺の毒舌だから。きみのように世間知らずのお嬢さんだからといって容赦はしないだろう」この忠告がいかに本当か、今更のように思う。

「ぼくが何をしたと言うんだ？」

アレックスの頬に平手打ちを食らわせたい衝動をこらえて言い捨てる。「とにかくほっておいてください！」ターリアは思わず走り出そうとしていた。そのひじをアレックスはしっかりとつかむ。

「放して！」悲鳴に近い声だった。軽くつかまれているだけなのに、火傷でもしたようだ。

「お願いだから、そう子供じみた振る舞いをするのはよしてくれ。誘拐しようってわけじゃなし」

「だったら、なんの用？」

「昼ごはん、食べた？」

だしぬけにきかれてターリアは戸惑いながらも正直に答える。「いいえ、まだよ。どうして？」

「一緒に食べようかと思って」穏やかだが有無を言わせぬという調子がある。

「まさか、冗談でしょう！」アレックスの厚かましさに呆れて言葉遣いに気をつけるのを忘れてしまう。案の定、アレックスは口をへの字に曲げ、険悪な表情になった。

「いや、冗談なんかじゃない。本気だ」

ひじに食いこむアレックスの指が痛い。「手、放してよ！」人通りのかなり多い道路の真ん中にいるのも構わず、ターリアは声を高くした。「昼ごはんにつき合ってくれる人が誰もいなくたって、あなたと一緒になんか食べるもんですか！」

アレックスは舌を鳴らしている。笑ってはいるが、猛烈に怒っているのはわかっていた。

「ずいぶん無礼で、ひねくれた娘だなあ、きみは」

「当然でしょう？」悔し涙がにじんでくる。この男には利用されたあげくに捨てられたのだ。人生をめちゃめちゃにされたというのに、四年も音信不通だった後に突然現れて〝昼食を一緒にしよう〟などとしゃあしゃあと言うとは！

「それ、いったいどういう意味なんだ？」

ターリアは顔を伏せた。勘の鋭いアレックスのことだから、目の表情から何を探り出されるかわかりはしない。言葉にも気をつけて、腹立ちのあまり口をすべらせてマッティの存在をかぎつけられるようなことがあってはならない。「なんの意味もありゃしないわ。それよりアレックス、お願いだから放してください。もうお互いに何も話すこともないんだから……」

「いや、とんでもない。話はたくさんあるはずだ。ターリア、どっちかに決めてくれ。昼飯を食うか、さもなければ、きみをフラットまで送って行く。そのどっちかだ」フラットまでついて来られたりしたら大変なことになる。ターリアはため息をついた。

「わかりました。お食事を一緒にしましょう」袋小路に追いつめられたようなものではないか。絶望的な気分になりながらも一方では、どうしてアレックスが話をしたがるのか、それはばかり気にかかって仕方がない。どことなく不気味な謎だった。

「〝死よりも悪い運命〟とでも言いたそうな顔をしてるな」アレックスはようやくターリアの腕をつかんでいた手の力を緩め、車の助手席側のドアに促した。

ターリアは無言で車に乗りこむ。ドアが閉まると、不吉な予感に襲われさえした。「三時までには帰らなくちゃならないんです」運転席にアレックスが座った拍子に、ひきしまったもものあたりが軽く触れた。ターリアはびくっとしてドアの方に身を縮める。

「ご随意に」声は無表情だが、車は猛烈なスピードで走り出した。

二十分後、ターリアが名前だけを知っている高級レストランの奥まった席に二人は向かい合って座った。

「こんなところに来るような格好してないわ」ターリアは着古したジーンズを見おろして言った。「どこかもっとふつうの店はないの？」

アレックスは頓着せず肩をすくめる。「ここなら人目につかないから。何、飲む？」

「ジン・トニックをいただくわ」食欲はまるでなかった。アレックスにそう言いかけたが、思い直してサラダを注文する。サラダでさえのどに詰まりそうな気がするが、おびえているとは思われたくない。

アレックスはこの店の得意客らしく、下にも置かないウエイターのもてなしぶりだ。さすがにアレックスは二人があのころよく行った店には連れていかなかった。あのころ、だって……。何を自分は考えているのだろう？　激しく愛し合っていたころ？　ターリアの唇が苦笑いでゆがむ。

じいっとターリアを見つめていたアレックスは、心のうちを読んだかのようにあごをこわばらせた。「前よりやせたな」

ターリアは顔を伏せたまま、「ええ」とだけ言った。

「だけど相変わらず美人だ。なよなよと儚げな感じが前とは違うが」

「なよなよとなんかしてないし、儚げでもありません」ターリアはにべもなく言う。馴れ馴れしい話し方はやめてほしい。

「髪も短くなった」独り言のような低いつぶやきだった。「前はウエストより長かったはずだ」

「アレックス、やめて……」

アレックスは灰色の目をじっとターリアの赤らんだ顔に向ける。「ごめん、迷惑そうだな」

ターリアは面食らった。アレックスが謝るとは予想もしていなかった。気を落ち着けなくては。ジン・トニックを水のようにする。「お話があるっておっしゃったけど——どうして電話をかけたり、食事を一緒にしようとなさるのか、説明してください」アレックスは優美なしぐさで葉巻に火をつけている。

「おといの晩、なぜレストランであんなに慌てて逃げ出したのか、わけを知りたかったんだ」

「逃げ出したりしないわ」

「いやいや、ぼくを見るなり逃げ出したのさ」

「仮にそうだとしても、あなたにいちいち説明する必要もないわ」ターリアは震える手でたばこに火をつける。「それに、なぜわけが知りたいのかわからないわ」こんなこと言わなければよかった。

「女が逃げれば逃げるほど男は追いかける。これは人生の原則じゃないか?」

ターリアはいくぶんヒステリックな笑い声を上げる。「あなたから逃げ出す女なんかいないじゃありませんか。みんな、あなたの言いなりでしょう?」

「きみはそうじゃない。ぼくを怖がっている。その理由を知りたいんだ」

きゅうに胸が苦しくなり、ターリアはたばこを灰皿に押しつけて消した。奥の奥まで見通すようなアレックスの灰色の目に見すえられると、居ても立ってもいられない不安に襲われる。何を考えているのだろうか?「ちっとも怖くなんかないわ。自意識過剰じゃないこと?」どうやら普通の声が出せた。

ちょうど料理が運ばれてきた。ターリアは前におかれたサラダに関心があるふりをする。

できるだけ早くこの男から逃げてしまわねばならない。敵意や憎悪をかいま見させたりしたら、アレックスをかえって刺戟(しげき)することになるだろう。無関心を装うのが最上の方法ではないか。関心が大ありの女たちにいつもかこまれている男だから。あのジョアナ・ドミニクともまだ続いているに違いない。そんな苦い思いをかみしめながらも、アレックスを盗み見ずにはいられなかった。男っぽい美貌が発散する非凡な磁力にはターリアばかりではなく、レストランにいる何人かの女性の視線も引きつけられていた。この唇が自分の肌を求めたときの感触も、胸毛がざらざらしたこともよく覚えている。細部にわたるまで忘れられない記憶が体の奥の痛みを呼び起こす。極度の心の乱れが顔に出ているのではないか。深いため息と共に手をつけていないサラダの皿を押しやった。「あんまりおなかが空(す)いてないの」

ターリアはワインばかりせかせかとすすった。空っぽの胃にワインはこたえる。腕時計をこれみよがしにのぞく。ケイトが心配しているだろう。

「今、働いているのか?」ターリアのグラスにワインを注ぎながらアレックスがたずねる。

「いえ、今は違うけど……この週末には新しい勤めを始めるんです」言葉に気をつけながら答える。

「やっぱり広告関係?」アレックスはターリアに向けた視線を離さない。

「子供の面倒をみる仕事なの」

「そういう仕事、好きなのか？」

「でしょうね」もとより、ターリアの自嘲的な表現はアレックスには通じない。

「どうしてマーク・フィッツジェラルドの秘書を辞めたんだ？」

心臓が口から飛び出すかと思うほどターリアの動悸が激しくなる。アレックスは何か知っているのではないか……？

「それは……もっといい仕事があったから」

「事実とは違うことをきみが言っているような気がするのはどういうわけだろう？」

「あなたにいちいち報告しなくちゃならない義務はないわ」ターリアはもう一度時計を見る。「本当に私、行かなくちゃ」

アレックスは答えない。代わりに手が伸びてきて、ターリアのきゃしゃな手を軽くさすった。

ターリアの動悸はいっそう激しくなり、体を震えが走り抜ける。手をもぎ離そうとしたが無駄だった。

「結婚指輪してないね。なんとなくもう結婚したのかと思っていた」

「あり得ないわ」吐き捨てるような言い方だった。

アレックスは驚きを隠さない。「どうして？　子供の面倒をみる仕事だって言ってたけど、自分の子供だって当然欲しいだろう？」

ターリアはぎくっとする。ひょっとしたらマッティのことを知っていて、なぶっているのではないか？　けれどもアレックスの表情のどこを探してもそんな嗜虐的な快感を味わっているようすは見当たらない。

「結婚なんて興味ないだけよ。もうこんな話やめましょう」ターリアは手をぐいと引き抜いた。

アレックスは顔色も変えずにしつこく追及する。「ボーイフレンドとか恋人は？　いないの？」

恋人がいないのはアレックスのせいではないか。ターリアは笑いたかった。あまりにも激しくこの男を愛したためだろうか。破局が来たときの絶望は癒しようがなかった。男が信じられず、かかわり合いになりたくなかった。自分にはマッティしかいない。マッティのことを考えるとひとりでに表情が柔和になる。アレックスの灰色の目はそれを見逃さなかった。

「今、私にはたった一人しかいないんです。ほかの誰のことも考える余裕はありません」言っているうちに気がついた。誤解されるかもしれない。だが、どう思われたって構わないではないか。

「帰ろう」アレックスの顔がこわばっている。怒っているのだ。灰色の目が凍りついている。これでこの男には二度と会わずにすむだろう。

混雑した通りをアレックスはすごいスピードで走り抜け、十五分後にはケイトのフラットの前に着いた。助手席のドアを開けようとすると開かない。ターリアは振り返った。

「開かないわ」彼の険悪な表情に内心おじけづきながらも、ひるまずに言った。

「ロックしてある」アレックスは平然と答える。

「ロックを外して下さらない？」

「誰なんだ？　その男は。きみの目が潤むほど愛してる男とは？」ターリアの言葉を無視してアレックスは声を荒らげる。

「あなたに関係したことじゃないわ」

「きみはぼくのものだったじゃないか」口調が柔らかくなった。ターリアの唇の繊細な輪郭に目を留めたアレックスの表情は暗かった。

「そんなこと！　私は……。ずっと前のことじゃありませんか」昔のことを口に出すなんてどういう神経なんだろう。憎しみを改めて感じる。

「きみを抱いたときのことをぼくはまだ覚えている。いくら否定しても、きみもその記憶を消し去れはしないのは目を見ればわかる」

「違う！　私は覚えていたくもないし、そんなこと考えるだけで気持が悪くなるわ！」

「きみは嘘ついているだけさ」アレックスはほほえみかける。片方の手が伸びてターリアの髪を愛撫（あいぶ）した。「証明してみせようか？」

「触らないで！　あなたなんか大嫌い！」髪にかかったアレックスの指に力が入り、ターリアの頭は後ろにぐいと引っぱられた。「やめて……アレックス……お願い……いや、やめて……」

「どうしてやめなくちゃいけない？　きみにはどうせもう嫌われているんだから元々だろう？」アレックスはゆっくりと顔を近づけ、唇をそっとかすめた。

ターリアが抗議の言葉をぶつけようとして口を開いたすきに、アレックスはしっかりと唇を合わせてしまう。両手をアレックスの胸につっぱりながら、ターリアは頰を伝い落ちる涙を感じていた。アレックスよりももっと自分が憎らしい。すでに感覚のうずきが内部からじわじわと広がっていくのをどうしようもない自分が。熱く巧みな唇の動きはいやでもあの深く切ない体の記憶を目覚めさせるではないか。だめ！　これ以上は耐えられない。

「降ろして！」力いっぱい身を引いたとたんに髪が抜けそうになる。痛さでターリアはうめいた。

「ターリア、頼むからぼくの話を聞いて……」

「車から降ろしてください！」悲鳴に近い声だった。

アレックスはため息をつき、肩をすくめた。「わかったよ。騒がないでくれ」ダッシュボードのボタンを押す。ターリアは車から転げるように出て、後も見ずに建物の中に走りこんだ。

3

　二日後、ターリアはレオン・ミラーの家に引っ越した。いざとなると大忙しで、ケイトの手助けがなかったら予定の時間に間に合わなかったのではないかと思う。打ち合わせてあったとおり、ジェイクが車で迎えに来た。ジェイクが呼び鈴を鳴らしたとき、ターリアはマッティの荷物をまとめている最中だった。ケイトがドアを開けに行く。

「こんにちは、ジェイク。またお会いできて嬉しいわ」ターリアは笑顔で挨拶した。

「こんにちは。お元気ですか?」ジェイクは青い目をきらきらさせている。

「慌てふためいてるとこ」

　マッティはジェイクを一生懸命見つめていた。が、いくらもしないうちに、ジェイクの肩に乗っかってきゃっきゃっと笑い転げている。

「ジェイク、コーヒーいかが?」ケイトがたずねた。「この分じゃ、ターリアはまだ当分かかりそうよ」

　ケイトが朝のうちに作っておいたビスケットを食べコーヒーを飲み終えたころには、出かけなくてはならなかった。そそくさとケイトに感謝の言葉をくり返し、電話すると約束する。荷物はすべて黒の大型車に納まってしまった。マッティと一緒に後ろの座席に乗りこんでターリアはレオン・ミラーの家に向かった。

マッティは車の大きさに目を丸くしたまま、おとなしくしている。ターリアはあくびをかみ殺して窓外に目をやった。車はロンドンを出るところだった。心身共に疲れ切っている。アレックスとレストランで出くわして以来、毎晩よく眠れたためしがない。心が千々に乱れて収拾がつかない。どうしてもアレックスのキスが忘れられず、気がつくと日がな一日そのことばかり考えているのだった。

また電話がかかってくるのではないかと思っていたが、アレックスからはその後ぷっつりと連絡が途絶えた。よかった。憎んでいる相手なのだからもう二度と会いたくない。それなのになぜか自分でもそれが本心かどうか疑わしいような気がする。過去四年間というもの眠り続けていたのではないかとさえ思う。アレックスに会ったことによって目が覚めたのだ。あの痛み、あの苦しさが実は胸の奥でまだ燃え続けていることに気がつく。昼食を共にしたのがきっかけで、無理やり心から追い出していた記憶のすべてが奔流のように再び流れこんできた。

四年かかってターリアはアレックスの人物像を心の中で描き上げてきた。冷酷で非情で節操がなく、自分の快楽にしか関心がない男。ターリアを利用したあげくに飽きると捨て去り、どれほど失恋の苦しみに打ちひしがれようが、立ち直れないほどの打撃を与えようが意に介しない。アレックスに去られたターリアは自信というものをいっさい失い、孤独で、しかも妊娠していた。これがアレックスという男のすべてで、恨みと憎しみしか感じなかった。

そして、四年ぶりで会ってみると、アレックスのもう一つの面を忘れていたことに気がつく。ひどい仕打ちをされた事実は変わらないにしても、ターリアが恋におちたほうのアレックスは現に存在しているのである。アレックスは容易に内面を見せない人間だった。二人の関係は――関係と呼ぶにはあまりにも短く儚かったのだが――甘美な熱情の交歓に終始した。アレックスは自分自身のことはあまり語らなかった。けれども言葉の端々や人に対する態度、その人たちのアレックスに対する態度などからその人となりをうかがい知ることができる。再会して思い出さないわけにいかないのは、人々がひきつけられずにはいられないアレックスの魅力だった。知的で力強く、それでいて人々に対する控え目な思いやりがある。

アレックスの微笑、アレックスの愛撫、アレックスの冗談を思い出すたびに胸が締めつけられる。眠っているアレックス、シャワーを浴びているアレックス、服を脱ぐアレックス、こみあげる思いで眺めたものだった。あれは何もかも間違いだったのだ。愛してもいないし、好きでもない。死んだ思い出の数々になどちっとも心が動かされない。四年間そう信じこんできた。それなのに、こうして再びアレックスに会ってみると、自分を偽り続けていたのだと思わざるを得ない。実際のアレックスは、ターリアの心の中にあるような人でなしでもなんでもなく、いまだに心乱される魅力に溢(あふ)れた男なのだった。ショックとしか言いようのない発見だった。際限なく気が滅入(めい)っていく。

「妹も弟もあなたに会いたがって大変なんですよ」ジェイクのはずんだ声がターリアを暗い物思いから現実に引き戻した。ターリアは窓からジェイクに目を移す。

「私も会いたくてうずうずしてるわ」マッティをぐいと抱きよせながらターリアはほほえんだ。目を丸くして外を見つめていたマッティは身をよじって母親の腕から逃れる。「二人とも私を好いてくれるといいんだけど」

「大丈夫、好きになりますよ」

ほどなく車はミラー邸の長い車回しに入った。不思議に気分が和んでくるのをターリアは感じる。新しい仕事を始めることによって、もしかしたら自分の人生にも新しい道が開けるかもしれない。

レオン・ミラーが正面のドアから現れた。ベルとビニーが父親の両側にいる。

「荷物はぼくが運びますから、あなたはまず妹たちに会ってやってください」ジェイクの言葉に従ってターリアはマッティを抱き上げ、車の外に出た。

レオン・ミラーが温かい笑顔で近づいてくる。「またお会いできてよかった」

「私もここに来られてとっても嬉しいですわ」

「この子たちがうるさくせがまないうちにまず紹介してしまおう。このところ大変だったんですよ、早くあなたに会いたがって」

父親と同じ目と髪の女の子がベルだった。可愛い顔にはにかみの笑みを浮かべている。ビニーはきかん気らしく、年よりもませて見える。金髪をくしゃくしゃにしたまま、前歯の一本欠けた口を開けてにっと笑った。

ジェイクとベルは前妻との間にできた子であることは、一目見ればわかる。ビニーはアリシア・ミラーそっくりだった。マッティにもミラー家の人々を紹介する。ジェイクが笑って言った。

「マッティの昼寝の時間らしいぞ」マッティは半ば眠りかけていて、しっかり抱きしめていた縫いぐるみのくまをぽろっと落っことした。

ターリアは息子の髪を撫でながら、「すっかり興奮して、くたびれちゃったんです」と説明する。

「ジェイクが案内しますからマッティを寝かしつけていらっしゃい。落ち着いたらコーヒーを飲みに降りてきてください」レオンが言った。

ミラー一家の温かい雰囲気に包まれていると、ターリアは悩みも消えていくような感じがした。

「ベルとぼくがお部屋に連れてってあげる」ビニーが跳んだりはねたりしながら大きな声を出した。

レオンは男の子の手をつかんで言い聞かせる。「ちょっとの間、ターリアの邪魔をしちゃいけないよ。コーヒーを飲みに降りてくるまで待ちなさい」

ビニーはターリアの顔を不安げに見てしぶしぶ「オーケー」と言った。そのふくれっ面が可愛くてターリアは思わず笑い出す。

ジェイクが荷物は自分が二階へ運んでいくと言ってきかない。ターリアは厚意に甘えることにした。床にスーツケースを置いてジェイクはたずねた。「マッティを寝かすのを手伝いましょうか？」

「いえ、私ひとりで大丈夫。ありがとう」

「じゃあ、階下(した)で待ってます」もっともっと手伝いたいんだが、というジェイクの顔つきだった。

「皆さんはどこにいらっしゃるの？」

「居間です」ジェイクはドアを開ける。

「ジェイク、手伝ってくださってありがとう。それから、いつも親切にしてくださってありがとう――今日も、面接の日にも」

ジェイクの目を思いつめたような影がよぎった。「どうしてもあなたに来てほしかったんです、最初から。だからぼくも嬉しい」ターリアが口をきく間もなく、ジェイクは出ていった。マッティを腰かけさせて、くろふさすぐりのジュースを飲ませた。この仕事はきっとうまくいくに違いない。先行きに希望を持つことなど久しくなかった。

マッティがジュースを飲み終わるまで、ターリアは続き部屋を隅から隅まで見て回った。広々としていて、凝った造作がすばらしい。居間のカーペットと壁がそれぞれ濃淡の色合いで、家具は淡色の革と濃い色の木に統一されている。ターリアのための寝室にはテレビと電話があり、日光が燦々と射しこむ広い窓がついていた。隣の小さい部屋は明るい黄色でマッティの寝室だった。窓には動物の形の格子がはまっていて配慮が行き届いている。バスルームも特別に大きい。壁はブルーと白のタイル張りで、陶製の設備一式は藤紫色。これ以上の待遇は望めないと思う。ターリアは幸運に感謝した。

マッティはすでに眠っていた。柔らかくて甘い匂いのする髪にキスをしてシャワーを浴び、淡いピンクの木綿のドレスに着かえる。光沢のある髪にブラシをかけ、くるくると巻いてうなじで留めた。年配の女性を求めていたというレオン・ミラーの話を思い出したからだ。髪をまげに束ねると年をとって見えるし、ぐっと粋になる。マスカラをつけて鏡をのぞき、満足かどうかもう一度たしかめた。マッティの寝姿を見に行って階下へ向かう。

居間の方から笑い声が聞こえてくる。ドアは開いていた。いきなり入っていってもいいのかためらっていると、ジェイクが目ざとく顔を向ける。「あ、どうぞ」ジェイクはさっと立って近づいてきた。

ターリアは中に入って腰を掛ける。開いた窓のそばの長椅子に座っているベルとビニーはケーキを食べていた。レオン・ミラーは傍らの青年と話をしている。

「コーヒーにしますか？」問いかけるジェイクの目は明らかにターリアを賛美している。

「ええ、お願いします」サンドイッチとケーキは辞退した。熱いコーヒーがおいしい。

「ターリア、こちらはリック・サンボーン」レオンが青年を紹介した。「リック、このターリア・モンタギューさんがこの子たちの面倒をみてくれることになったよ」ベルとビニーにレオンはしかめっ面をしてみせる。「大変な重労働さ！」

「はじめまして、ターリア。レオンは言ってくれなかったけど、我々はいとこ同士で、仕事のパートナーでもあるんです」

ターリアは改まった微笑を浮かべる。「はじめまして、サンボーンさん」

「リックと呼んでくださいよ」おどけた眉の上げ方がおかしくてターリアは笑い出してしまう。

「はい。じゃあ、リック」

リックはやせて背が高く、二十代の終わりという年ごろではないか。言われてみると、レオンとどことなく似ている。茶色の目が人なつこく、陽気な男だった。見るからに端麗な少壮実業家というタイプである。好きは好きだが、信頼はしないほうがいい。ジェイクからコーヒーのお代わりを受け取りながら、ターリアはそう心に決めた。

日光の当たる居間でくつろいだ雰囲気に浸っているうちに、いつの間にか小一時間たってしまった。マッティが目を覚ましているかもしれない。皆に断ってターリアは二階へ急いだ。心配は無用だった。マッティはまだぐっすり眠っている。

スーツケースから衣類を出して片づけ始める。途中で一息入れるために椅子に掛けたのがいけなかった。室内に射しこむ強い日射しに眠気を誘われて、ついうとうとし始める……。

ノックの音にも気がつかない。肩に触れられて、びくっとする。「アレックス？」まだ眠りの中にいるようにターリアはつぶやいた。

「いや、レオンですよ」

ターリアはぱっと目を開けた。「まあ！　ごめんなさい……」見る見る顔を赤らめる。「眠りこんじゃったりして……本当にすみません」なんという恥ずかしさ！　アレックスの夢でも見ていたのだろうか？　名前を口にしたような気がする。

「気にしないで」レオンはおかしそうに微笑している。「引っ越しは疲れるものだから」

「今、何時ですか？」マッティはまだ眠っている。

レオンは腕時計をのぞく。「六時二十五分」

ターリアはため息をついた。一時間以上も眠っていたらしい。「申し訳ありません……」

初日だというのに、なんというへまをしてしまったのだろう。

「心配しないで。腰かけてもいいですか？」

「あ、どうぞ……」ターリアは慌てて言う。

「仕事は明日からなんだから、今日はまったくあなたの自由にしていいんですよ。部屋はこれでいいか、何か必要なものはないか、ききにきただけなんです。それと、今日はぼくが迎えに行くつもりだったんだが重要な電話があって——ジェイクが二つ返事で行ってくれた」レオンは笑っている。

ターリアはますますレオンが好きになった。「お部屋はとっても素敵です——こんなに広々としていてもったいないくらい。いいお住まいですね」

「完全にいいとは言えない」声音が急に変わった。

ターリアは、はっとして顔を上げる。「あの……どういう意味でしょうか？」

「そのこともあって話しにきたんですよ。新聞にさんざん書き立てられたから、うちのことはもうご存じでしょう。あなたには子供たちの面倒をみてもらうんですから本当のことを話しておきたいんです」

「まあ、私になんか何も説明してくださらなくたっていいんですのに」レオンの表情は変わらないが、心の痛みはターリアにはよくわかった。

「知っておいてもらいたいのは、今度のことの責任はアリシアだけじゃなくぼくにもあるということです。新聞はアリシアを悪くしか書いていませんが」

　レオンの淡々とした話し方を聞きながらターリアは思った。このひとはまだ奥さんを愛している。愛の苦しみを知った身だからレオンの胸のうちが察せられるのだった。「お気持、わかります」

「ええ、あなたはわかるだろうと思う」レオンは立ち上がった。「深刻な話はこれくらいにして、夕食は八時ですから。ああ、そういえば、きちんと歓迎の挨拶をしていなかった。ようこそミラー家へ」

「ありがとうございます」ターリアはにこっとする。

　温かい気分を残してレオンは部屋を出ていった。夕食に着るドレスを選びながら、ターリアはレオンとアリシアのことを考える。知り合ったばかりなのにレオンが大好きになった。敏腕の実業家らしいてきぱきとした外面の陰に家庭を大切にする優しさや思いやりが隠されているのをターリアは知っている。稀にしかないことだが、口には出さなくても不思議に心でわかり合える人に出会うことがある。レオン・ミラーにならどんな悩み事でも相談できるような気がするのだった。ただし、アレックスのこと以外なら、だが。

　アレックスですって？　アレックスは悩み事でもなんでもないではないか。また会えるかどうかだってわからないのに。内心では会いたいと願っているのかしら？

　レオン・ミラーとすぐさま心の通い合える間柄になれたのは、二人とも愛するひとを失ったからかもしれない。涙がこみあげてきた。どうしてアレックスを忘れられないのだろう？　二人で過ごしたときを細部にわたるまで思い出さずにいられないのはなぜか？

最初に食事に誘われた晩のアレックスの服装まで覚えている。八時きっかりにドアの呼び鈴が鳴った。どきどきする胸を抑えてドアを開ける。三つ揃いのダーク・スーツを着たアレックスは息を呑むほど美しかった。心はすでにアレックスのとりこになっていた。夢のようなその晩、何を食べたのか何を飲んだのか思い出せない。アレックスの巧みな冗談に笑っているうちに、だんだん緊張がほぐれてきた。いつしか自分のことも話し出していた。

実際のアレックスは想像とは大違いだった。大勢の美女との噂が絶えないアレックスがなぜ自分みたいな取るに足りない十八の娘を食事に誘ったのか。アレックスと話していると、そんな疑念は忘れてしまった。アレックスはフラットまで送ってきた。人影の途絶えた通りで軽くキスをされた。硬く官能的な唇。アレックスはそのまま立ち去った。

ターリアは意外に思い、ちょっとがっかりした。けれどもその夜が恋の始まりだった。今までに会ったどの男にもアレックスはまるで似ていなかった。

次の日からアレックスはターリアを放さなかった。映画、芝居、パーティ、展覧会、船遊び、田舎へのドライブと、幸せに酔い痴れる日々だった。だが、アレックスはキス以上に進んだことはなかった。あの、この世ならぬ美しさに包まれた最後の夜までは。

あの夜の場面をどれだけ、何千回、何万回と心の中で再現したことか。特別に忙しい日だった。くたくたになって家に帰り、入浴をすませたところに呼び鈴が鳴った。洗い髪を背に垂らし、薄絹のローブをはおってドアを開ける。アレックスだった。不意の訪問にびっくりしたが、嬉しさがこみあげる。

「入っていい?」

「ええ……ええ、どうぞ、もちろん……」アレックスの灰色の目の動きを意識して頬がぽっと染まる。濡れた体に薄絹がはりついていた。「いらっしゃると思わなかったものだから……私……」口ごもる。

「いいから、ターリア、入れてくれ」

ドアを大きく開ける。アレックスはまっすぐ居間に向かった。ぴっちりしたジーンズに薄いブルーのシャツを着ている。

「着かえてくるわ。なんでもお飲みになってて」部屋を出ようとすると、アレックスに手をつかまれた。

「そのままのほうが好きだ」深い低音だった。心臓が止まってしまったような心地だった。

「お座りになって」やっと出た声はささやきになってしまう。

アレックスはほほえむ。「明日から出かけるんできみに会いたかったんだ」

「出かけるって……?」落胆をごまかすために急いで戸棚からウイスキーを出す。

グラスを受け取るアレックスの目は真剣だった。「南米に行かなくちゃならない。あっちにあるぼくの会社の経営をやってくれていた友だちが射殺されたんだ。どうしてもぼくが行かなきゃならない」

「まあ！　それじゃあなたがいらっしゃらなくては。でもどうして射殺なんか……？」

「今あそこは反政府の暴動があちこちで起きていて大変なんだ――まともな状況じゃないんだよ！」髪をかき上げるアレックスの顔には心労の跡がはっきり刻まれている。

「お友だち、本当にお気の毒だと思います」

「ああ、とってもいいやつだったんだ」グラスに残ったウイスキーを一気に飲み干してアレックスはつけ加えた。「とってもいい友だちだった」

「お掛けにならない？　すごく疲れていらっしゃるみたい」アレックスの気分が楽になるならどんなことでもしてあげたい。心からそう思った。

アレックスはかすかに笑みを浮かべて物憂げに椅子に腰をおろした。

「どのくらい……どのくらいあちらに行ってらっしゃるの？」こんなこと言わなければよかった。独占欲が強いなどと思われたくない。本当は、アレックスを失ったら死んでしまいたいくらいなのに。

「わからないんだ。葬式をして、会社のあと始末もしなくちゃいけないから――一週間で終わればいいが、ひょっとすると何カ月もかかるかもしれない」アレックスはたばこに火をつけた。

アレックスがたばこを吸うのを見ているうちに、ターリアはふと自分が泣いているのに気がついた。涙がぼろぼろこぼれ落ちて目がかすんでしまう。アレックスに気づかれると同時に顔をそむけた。「ターリア、泣いたりしちゃだめじゃないか」肩をつかまれて立たされ、アレックスの胸に顔をうずめる。

「ごめんなさい。ただ、あなたに会えなくなると思うと寂しくて……」

アレックスはふうっと息を吐く。「ぼくだって寂しいさ。あんな危険な所じゃなかったら、きみを連れて行きたいくらいなんだよ」

「危険な所だって構わない……」

「いや、ぼくは構わないっていうわけにはいかないんだ。絶対にきみは危険な目に遭わせたくない」アレックスはターリアの目に唇を押しつけ、塩辛い涙をぬぐっている。「ああ、ターリア……」

二人の目がぴたっと絡む。電流に貫かれたような衝撃がターリアの全身を走り抜けた。どのくらい長い間そうして見つめ合っていただろうか。突然、アレックスの唇が重なってきた。深い深いキス。それから、頰、あご、まぶたへと移っていく。

「ターリア、ぼくはずうっと自分を抑えよう抑えようとしてきた。だけどもう我慢できない。きみが欲しくてたまらないんだ」

ターリアの目がぱっと輝く。自分に魅力を感じないせいではなかったのだ。気が変になるほど好きなひと。今度はいつ会えるかわからないなんて。両腕をアレックスの首に回して日焼けしたのどにささやいた。「私もあなたが欲しいの」

アレックスに軽々と抱き上げられ、寝室に運ばれた。

寝室のドアを足で閉め、アレックスはそっとターリアをベッドに横たえる。その上にかがみこみ、絹のローブの前を割った。ほっそりとした白い裸身を見つめるアレックスの息遣いが荒くなっていく。「きれいだ！」頰を染めるターリアの顔にほほえみかけ、かすれ声でアレックスはささやいた。「こんなに真っ白で、すべすべしていて……触るのが怖いくらいだ」

「アレックス、抱いて」ターリアは目をつむる。

うめき声をもらしてアレックスはターリアの傍らに倒れこんだ。唇が重なる。

ターリアはアレックスのシャツのボタンを外した。たくましい肩、続いて胸毛に覆われた筋肉質の上半身があらわになる。最初の出会いから始まった何もかもが、このときのためにあったのだ。アレックスを求めて全身がほてり喘いでいる。のどに触れるアレックスの唇が熱い。両手を巻きつけ、我を忘れてアレックスの体にしがみつく。

ゆっくりと、巧みにアレックスはターリアの炎を燃え立たせていった。ターリアは口から低いうめき声が出るのを抑えるすべもなく、震える体をアレックスの両腕にあずける。アレックスの素肌は硬く、どこかひんやりとしていて熱い体に快い。

ターリアの両手を自分の胸に押しつけてアレックスは命令した。「触るんだ。ぼくがやっているようにきみも触るんだよ」

ターリアはアレックスの命令に従った。アレックスはぴくっと体を震わせる。

アレックスの肌はかすかに塩辛い。男の匂いが、強いワインのようにターリアを酔わせた。どこをとっても完璧(かんぺき)な肉体だった。ターリアの手の動きにつれてアレックスの息遣いは速くなる。この美しい肉体を自分の意のままにできるという事実にターリアは気が遠くなるほどの歓(よろこ)びを感じた。

アレックスはたまらなくなってターリアをもう一度抱きすくめる。ターリアは我知らず嘆願の言葉を口に出していた。

アレックスの体の重みを全身で感じる。柔らかくて優しいキスと愛撫のおかげで、最初の衝撃は軽かった。愛するひとひとつになる。魂をゆさぶられ、体が溶け散る瞬間だった。

ターリアはアレックスの腕の中で余韻の残っている体を休める。愛が胸から溢(あふ)れ出る思いだった。

二人は互いの目をじっと見つめ合い、わずかに言葉を交わした。どちらの声もしっとりと潤み、満ち足りている。やがてターリアは、けだるく甘い眠りに落ちていった。ターリアの寝顔をいとしげに見守っていたアレックスも、ほどなく眠りの闇(やみ)に包まれていく。

夜明けの冷たい光の中でアレックスとターリアは喜悦に再び我を忘れ、ぴったりと寄り添って寝た。

　そして、朝。アレックスは去った。乱暴なほど激しいキスと、電話をするという約束を残して。

　ターリアは笑ってみせ、アレックスのためにコーヒーをいれた。本当はどうしたらいいかわからないほど悲しくて寂しくてたまらなかったのに。

　アレックスが出ていくと、こらえ切れずに声を上げて泣いた。あのときすでに不幸を直感していたのかもしれない。これでおしまいじゃないんだからと、自分に言い聞かせた。けれども、あの夜がなぜともなく悲しみに似た美しさに満ちていたことを思い出すと、怖いほどの幸せは永続きするはずはないのを身にしみて感じるのだった。

　電話が鳴ったとき、まだ泣いていた。空港のアレックスからだった。

「ターリア、もうきみに会いたくてたまらなくなったよ」投げつけるようにアレックスは言った。あのときの声のなんとはるか遠くに感じたことか。

〝愛してるわ〟と心の中でささやき続けた。大きな声で言えたらどんなにいいかと思いながら。

　あの朝に続いて数えきれないほどのみじめな朝があった。〝愛している〟とはっきり口に出してはアレックスに言わなかった。それだけが救いのような気がする。心の奥では、それが空しい救いにしか過ぎないことをよく知っていた。

4

一カ月は瞬く間に過ぎた。ミラー家で働くのがターリアには実に楽しい。レオンはもとより、子供たちとも非常にうまくいっている。マッティもここでの生活がすっかり気に入ってしまった。ベルが特にマッティを可愛がり、マッティも日を追ってベルを慕うようになる。二人はいつも一緒だった。マッティのおしゃべりにベルの名前が出てこないときはない。

レオンとはいっそう親しくなった。夕食後も二人で話しこむことがよくある。友達と外出しない晩はジェイクも会話に加わった。レオンとは安心して仲よくできる。いまだに妻を愛しているレオンは浮気心が全くなかった。アレックスと別れてからターリアが心を開いた最初の男だった。今までは男という男はけっして誰ひとり近寄らせなかった。アレックスに裏切られて男というものを信用できなくなったこともある。それが愛にしろ憎しみにしろ、アレックスに対する感情のあまりの激しさゆえに他の男の入りこむ余地がまるでなかったからでもあった。

何もかも思ったよりずっとうまくいっていて、もったいないような気さえする。日の当たるプールサイドに腰をおろしてターリアは考えごとをしていた。暑い日の続いたすばらしい夏だった。庭で過ごすことが多かったので、うっすらと日焼けしている。マッティがベルと遊んでいるのが見える。ビニーは父親にねだって、スコットランドのサマー・キャンプに参加することを許してもらった。レオンも仕事でフランスに行っている。その日の午後帰国する予定だった。家の中は静まり返っていて、心休まるひとときだった。

「こんにちは。コーヒー持ってきてあげたよ」急に声がしてターリアは振り返る。リックだった。

「ありがとう。いま帰ってらしたの？」ターリアはトレイを受け取ってコーヒーを自分とリックのために注ぐ。リックは四日間、ニューヨークに出張していたのだ。

「うん。くたくただよ。どう？　何も変わったことない？」

「ええ、何も。この家は精巧な時計みたいにきちんと動いてるわ。だから私、こんなふうにプールでのんびりしてられるのよ」ターリアは笑って言った。

まだ警戒心を完全に解いたわけではないが、ターリアはリックが気に入っている。ターリアに関心があることを公然と顔に出していたし、時折ちらっと見せる男の目つきが気にならないでもない。けれども、この種の男には前にも会ったことがあったから、操れる自信がある。美しい女とみれば気安く追いかける。ゲームと同じだ。ターリアにも何度となくデートを申しこんだ。そのたびに断っているのにリックは気にしない。あきらめもしなかった。

「この家の生活、落ち着いた？」リックはたずねる。

「ええ、とっても楽しいわ。おかげさまで」

リックは椅子によりかかって、芝生に寝そべっているベルとマッティに目を向ける。

「子供たちもあなたが大好きだし、前よりずっと明るくなったよ」

「でも、前だって不幸せだったわけではないでしょう？」

「アリシアが出て行ったときが本当に大変だった。レオンがぴりぴりしていて、子供たちは震え上がっていたよ。それに新聞の取材攻勢だろう。連中は子供の学校にまで押しかけてくるし、レオンが一歩でも外に出るとうるさくつきまとって離れない。ひどいもんだったよ」

ターリアは首を振って言った。「まあ、子供たちにまで？　そんなにひどいとは知らなかったわ」

「ああ、子供にとっちゃ地獄みたいなものだったろうな。ビニーはもちろん、ベルもアリシアに本当の母親のようになついていたからなあ」

「奥さまもよくあんなことできたわね」どんな事態になろうとも、マッティを置きざりにして出ていくことなんかできない。ターリアは自分にひき比べてそう思った。

「アリシアにはアリシアの考えがあってしたことだ」リックの声が突然変わった。ターリアはどぎまぎして赤くなる。

「ごめんなさい。非難するつもりじゃなくて……」

「いや、あなたに八つ当たりして悪かった」リックは顔をそむける。気詰まりな空気の中で、ターリアは不意に感づいた。

「アリシアが好きだったのね、あなたは」

リックは二本目のたばこに火をつける。「勘のいいひとだな。そのとおり、アリシアが好きだ。初めて会ったときから――もうレオンと一緒だったが――恋をしてしまった。アリシアのほうは、ぼくなんか物の数でもないが」うつろな笑い声が響いた。

ターリアはそっとリックの腕に手をかけた。「ごめんなさいね。余計なこと言って」

リックはターリアの手に自分の手を重ねる。ターリアはそのままじっとしていた。「誰かに聞いてもらうと気が楽になることもあるよ。ぼくが惚れてることをアリシアはちゃんと知っていて、夫婦げんかをするたびにぼくを慰みものにするんだ。あのときすぐにぼくはこの家を出るべきだったんだが、どっちにしても手遅れだったんだろうな」

ターリアは少なからぬショックでなんと言ったらいいか途方に暮れた。アリシア・ミラーは大勢の男の心を弄ぶ女なのだろうか。リックは若くてハンサムで、実業界で名を成しつつある。その彼が、いとこの妻に対する報われぬ恋に苦しんでいるとは思いもよらなかった。プレイボーイ風にふるまっていたのは隠れみのに過ぎなかったのだろうか。やり切れない思いだった。

　周りを見回しても誰ひとり愛に傷つかない人間はいないではないか。ケイト、レオン、リック、自分自身も。恋に苦悩と失意はつきものなのかもしれないとさえ思う。

　リックを元気づけられるようなことを何か言いたい。けれども、何も言えなかった。今までリックを疑いの目で見ていたことが急に心苦しくなり出した。

「憂鬱な話をしてごめん」リックは笑ってみせたが、目は暗かった。「ターリア、なぜか知らないが、あなたという人には秘密を打ち明けたくなるような雰囲気があるんだよ」

　つい本当のことをしゃべってしまってリックは気まずい思いをしているに違いない。

「心配なさらないで。誰にも言いやしないから」

「誰にも言わないって、何を?」ジェイクがいつの間にか傍らに来ている。籐の椅子に腰をおろしたジェイクは、握り合った二人の手に目を留めた。その目はいぶかしげにターリアの顔に移る。

「あなたに関係したことじゃないの」角が立たないようにターリアは優しい微笑で言葉を補う。「コーヒー、召し上がる?」

「ええ」

「ジェイク、元気かい?」リックが話しかけた。

「元気ですよ」声にとげがある。ターリアとリックのことが気になっているのだ。ちょうどそのとき、ベルが大声で兄を呼んだ。ジェイクは仕方なしに妹とマッティの方へ歩いていく。

「あの子はあなたにすっかり参ってるらしいな」

ターリアはしかめっ面をしてみせる。「そんなこと困るわ。気持を傷つけたくないんですもの」

リックは軽くターリアの頬に触る。「まだ若いのに、あれこれ気を遣っちゃいけない」

立ち上がって、話を打ち切った。「レオンが帰ってくる前に、しておかなきゃならない仕事があるんだ。あとでね」

レオンは午後も遅くなってから帰ってきた。ターリアは子供たちと外出していた。マッティは帰宅までほとんどジェイクの肩に乗っていた。

家に帰ったのは七時ちょっと前。黒い車を見るとすぐにジェイクとベルは父親を捜しに行った。ターリアはマッティに夕食を食べさせて寝かしつけ、シャワーを浴びた。夕食のためにプリント模様の絹のドレスを着る。髪にブラシをかけていると、ノックの音がした。レオンだった。

「お邪魔かな？」レオンは濃いベルベットのジャケットを着ている。シャツが白なので、色の対照が鮮やかだった。際立って魅力的な男性なのに、ターリアの心が騒ぐことはまるでない。四年前にこんな魅力的な男に会ったら、興味をそそられていただろう。だが今は、男は存在しないも同然だった。

　男としてのレオンの魅力をターリアは頭と目では理解できる。けれども、心は友情を感じるだけだった。四十代初めの男と二十代前半の女との間にこんなに急速に固い友情関係が成立するのは不思議な気がする。気が合った同士ということなのだろうか。

「いえ、邪魔なことなんてありません。どうぞ、お入りになって」

　レオンは椅子に腰かけて、憂いを含んだ微笑を浮かべた。「疲れたなあ。あちこち飛び回ってばかりいたような気がする」

「お仕事、うまくいきました？」金の腕輪をはめながらターリアはきく。

「ああ、上々だった」レオンはポケットから小さな包みを取り出す。「これ、あなたへのおみやげ」

「まあ、そんなことをしてくださらなくても……」ターリアはびっくりして言いかける。

　レオンはさえぎった。「いや、ちょっと待って。子供たちみんなにおみやげを買ってきたんだから、あなただけを仲間外れにはできないよ。マッティにもちょっとしたものが階下に置いてある」

　ターリアは包みを開けた。フランスの香水だった。小びんのふたを取って匂いをかぐ。すっきりと爽やかな香りである。「すてき――ありがとうございます。今晩のお食事につけさせていただくわ」

さっそく手首の脈を打つ部分に香水をはたいているターリアに、レオンはたばこを勧めた。ターリアは断る。自分のたばこに火をつけながらレオンはたずねた。「何か変わったことはなかった？」

ターリアは一呼吸おいて首を横に振る。「ビニーは大はしゃぎしてスコットランドに出かけて行きましたし、ベルとマッティは相変わらず仲よくしてます」

「子供たちのことを全部あなたに押しつけてぼくが出かけちゃって大変じゃないかな？」

「いいえ、とんでもない。白状しますけど、お留守中は日光浴なんかしてのんびりやってたんです。それに、ジェイクとロデールさんが手伝ってくれますし」ジェイクの名が出るとレオンは微笑した。

「ジェイクはあなたが大好きだから」

「さっきもリックが言ってましたけど」ターリアは急に案じ顔になる。「まさかジェイクは……」

「あなたは若くてきれいだからジェイクがぽっとなるのも無理はない」

「それは困ります。でもそんなことないと思いますわ」

「どうして？　心配しなさんな。みんな成長の過程なんだから。ある時期がくれば乗り越えるよ」レオンは笑い出す。「ぼくは年寄りみたいな口のきき方だな！　考えてみると、ジェイクとあなたは年がそう離れていないんだからね」

ターリアは顔をしかめてみせる。「ほんと！　ひどいでしょ？　私のほうがおばあさんみたいで」

「その若さでお母さんになったんで急に大人になっちゃったんだろうなあ」レオンは優しく言った。

二十二歳。確かに若いと思う。けれども、自分が二十二だという感じはまったくしない。同年齢の女性たちよりずっと早く大人になってしまったので、二度とない人生の春を逸してしまったのではないか？

レオンは立ち上がってきてターリアの両手を握る。「気を悪くしたんだったらごめん」

「いえ、ちっとも。そうじゃなくて、あなたみたいな方とお知り合いになれて幸せだと思ってたところです」それは本当だった。ターリアにとってレオンは特別の友だちなのだった。年の差は問題ではない。

レオンの濃いブルーの目に嬉しそうな輝きが現れた。レオンは黙って上体をかがめ、ターリアの頬に軽く唇を触れる。背後でドアが開いたのに二人とも気がつかなかった。

「まあ、泣かせる場面ですこと！」ターリアは飛び上がりそうになった。背の高い金髪の美女が甘ったるい声で皮肉を浴びせる。レオンはゆっくりと声の方に振り向く。

「アリシア、何しにきたんだ？」

「何しにって、お邪魔しに、みたいね」アリシア・ミラーは笑う。目のさめるような美女だ。「それにしてもレオン。ご挨拶ですこと！」

「ほかに言いようがあるとでもいうのか？」レオンの顔にはなんの感情も現れていない。知らない人間が見たら、レオンは妻にはもはや気がないのだと思うだろう。

「まさかもうほかの人と抱き合ってるなんて思いもしなかったわよ。あなた、紹介ぐらいしてくださったら？」

レオンは怒っている。自分は席を外さなくては。ターリアは急いで前に出て笑顔をつくった。

「奥さま、私はターリア・モンタギューです。お子さんたちのお世話をするためにこちらに参りました。ご主人とお二人のほうがよろしいでしょうから、私は失礼させていただきます」声がこわばってくるのを自分でもどうしようもなかった。

部屋を出て階下へ行く。足はひとりでに庭へ向かった。アリシア・ミラーは夫の元へ戻ってきたということなのだろうか？　だとすると、自分はこれからどうなるのだろう？　まだ何もわからないうちからくよくよしても仕方がない。それに、子供たちは母親が帰ってくれば喜ぶだろう。

角を曲がったところでいきなりジェイクに突き当たった。考えごとに耽っていて前をよく見ていなかったのだ。よろめく体をジェイクがさっと支える。

ターリアはジェイクの顔を見上げて謝った。「ごめんなさい。ぼんやりしていて」

ジェイクは手を離した。「何をそんなに思い悩んでいたんですか？」ひたむきな目で見つめる。長身のジェイクを見てターリアは思う。レオンに似て際立った美青年だ。

「お母さまが帰っていらしたのを知らないの？」

「アリシアが？　まさか！」

「本当よ。今、お会いしたところ」

「父は知ってるんですか？」この声の調子には何か含みがある。怒り？　落胆？

ターリアはうなずく。ジェイクは一息いれてたずねた。「ずっとここにいるつもりで帰ってきたんですか？」

「それはわからないわ——お二人を残して出てきたんだから」ジェイクの舌打ちを聞きとがめてターリアはきく。「どうしたの？　お母さまとはうまくいかないの？」

「いや、別にそういうわけでもないけど」ジェイクは立ち止まって木の幹に寄りかかった。

「あなたは、あの人が出ていったときの父がどんなふうだったか見てないから——ぼくの母が死んだときもそうだった。誰にもどうしようもなかったんです。二度と父をあんな目には遭わせたくない。ひど過ぎるんだ！」

ターリアはなんと言ってジェイクを慰めていいかわからなかった。けれども、本当のことを言う以外に方法がない。「レオンは奥さまが好きなのよ。だから帰ってきてほしいと思っていらっしゃると思うわ」
「わかっています」ジェイクは沈んだ声で言った。「父には幸せでいてほしい。それだけなんです。でも……」ターリアから目をそむけてジェイクは続ける。「ぼくが九つのとき、自動車事故で母が死にました。父は悲嘆に暮れて人が変わったようになった。ぼくは子供だったからよくわからなかったけど、アリシアと出会って父はやっと元に戻ったんです。アリシアはぼくにもベルにも優しかったし、父が結婚してよかったと思った。ビニーが生まれることになってしばらくモデルの仕事を休まなくてはならなくなったのをアリシアはいやがってました。父はしょっちゅういないし――それでいさかいが始まったんです。もちろんアリシアは仕事に戻ったけれど、二人の仲がますます悪くなってあんなことになったんです。父は、ぼくの母が死んだときと同じような苦しみを味わっていた。また父が傷つくのを見るのはたまらないんです」

若者らしいすらっとした後ろ姿を見つめながら、ターリアはジェイクのために心を痛めた。「今度はきっと大丈夫よ」

「でも、また出て行ったりしたら?」

「たとえそうなってもあなたにはどうするすべもないのよ。お父さまが必要とされるときに手助けするしかないんだわ」これではジェイクにとって慰めの言葉にはならないことはわかっている。かといってほかに言いようがあるだろうか。局外者は客観的で冷静な見方をするものだが、当事者にはそれが伝わりにくいのだ。

父を思うジェイクの優しい気持は痛々しい。レオンが妻を熱愛しているのを知っているだけに尚更ターリアはそう思う。レオンにはプライドにかけてもアリシアを拒むなどということはできないだろう。

「そろそろお夕食の時間だわ。帰りましょう」ターリアはそっとジェイクの肩に手をかける。ゆっくりと振り返ったジェイクの目を見てターリアは即座に悟った。幼くして母を失ったジェイクは、アリシアに父をもとられるのを恐れているのだ。アリシアは子供だったジェイクのそういう不安を和らげる努力などはしなかったに違いない。

ターリアの両腕がひとりでに伸びてジェイクの肩を抱いていた。かわいそうに。長いことひとりで耐えてきたのだろう。ジェイクもターリアの体に両手を回してしっかりと抱きしめた。頭をターリアの肩にもたせかけて、じいっと立ちつくしている。庭園は甘い夏の夕闇に包まれていた。ターリア自身も、密着した若い体から力が移ったかのように気分が落ち着くのを感じた。

ようやくジェイクが顔を上げる。「ありがとう」恥じらいのまざったかすれ声だった。

「私こそありがとう」ターリアはジェイクの腕に手をかけて微笑を返し、家の方に向かって歩き出した。

その夜の食事は惨憺たるものだった。ジェイクはむっつりと黙っているし、リックもほとんど口をきかない。ひとりアリシアだけが陰気な雰囲気の中で光り輝いていた。ベルと笑い合ったり、人目もはばからずレオンにいちゃついている。

食事が終わるとすぐに、マッティのことが心配だからという口実で自分の部屋に引きとった。独りになれたので神経は休まったが、心配ごとが消えたわけではない。一時間後にレオンがやってきた。開け放たれた窓からほの暗い庭を眺めながらレオンは単刀直入に話し始める。「アリシアが帰ってきてもう一度やり直したいって言うんだ」

最初からそんな予感があったから驚きもせずにターリアは言った。「で、あなたは?」

「ぼくもアリシアに帰ってきてほしい」レオンはごまかそうとはしなかった。

「本当にうまくいくといいと思いますわ」

「今度はもう幻想を抱いてはいない」レオンは向き直ってターリアに笑いかける。「アリシアが帰ってきても、あなたには仕事を続けてもらいたいと言いにきたんだよ」

「でも、そうなったら私は必要ないのでは……」

「いや、必要なんだよ。ぼくもアリシアも外で働くわけだから。あなたさえ続けたいなら、の話だが」

ターリアとしてはまだ安心はできない。「奥さまも同じご意見なんですか?」

レオンは、ただ一言「イエス」とだけ言った。確固とした口調の即答だったが、事実ではないとターリアは直感した。

その夜はよく眠れなかった。久しく忘れていた心配事が頭をもち上げてターリアを悩ます。アリシアに好かれていないことは確実だった。アリシアの態度からみて、ターリアに仕事を続けさせたいと思っているはずがない。もし、出て行けと言われたら……？　考えまいと思っても、つい同じ疑問を頭の中でくり返してしまう。

ようやく眠りにつけたと思ったら、アレックスの顔が現れた。ほとんど毎晩、アレックスの夢を見る。目が覚めると顔が涙で濡れていることもあった。どうしてアレックスの夢を見るのだろう？　好きでもないのに？

寝返りを打って、ひんやりした枕に顔を押しつける。もうアレックスの夢など見ませんように。

翌朝、食事に降りて行く途中でリックに会った。

「お早う。今朝は一段ときれいだよ」リックはマッティの手とターリアの腕を同時にとった。マッティは顔を上に向けてリックに笑いかける。

「あなたこそ、素敵な格好をしてらっしゃるじゃない」

「ああ、これか。十時の飛行機でミュンヘンに行かなくちゃならないんでね。仕事だよ」リックの声が妙に軽薄に響く。ターリアは探るような視線を向けた。その視線を受けとめてリックは苦笑する。「そう。この家を出ることにした」

ターリアはリックの気持を察して、いたわりのこもった微笑と共に言った。「がんばってね」アリシアを愛している以上、そうするしかないだろう。

食堂に入って行くと、ジェイクとレオン、それにベルがいて朝の挨拶をした。「皆さん、お早うございます」ターリアは全員に笑顔を向けた。

「今日はみんなで海岸に行くのよ！」ベルがはずんだ声で報告する。

レオンがつけ加えた。「あなたもぜひいらっしゃい」

「そう、行きましょう」ジェイクだった。

「私も行かなくてはいけません？」家族水いらずの遠足に自分はついて行かないほうがいいのではないか。ターリアはレオンにたずねた。

「務めという意味じゃなくて、一緒に行けば楽しいだろうと誘ってるんだよ」

幸い、マッティは歌をひとり口ずさんでいて、会話を聞いている様子はない。よかった。皆と一緒に海に行けないとわかったらがっかりするだろうから。「やることがたくさんあるので、失礼させていただきますわ。でも、誘ってくださってありがとうございます」

「じゃあ、今日は休日にしなさい。それなら家に残ってもやることはないだろう」レオンが言った。

「あなた、お嬢さんに甘いのねえ」アリシアの声だった。いつの間に入ってきたのだろう。

それにしても美しい人。といって、別に羨望(せんぼう)も感じない。肩までかかる金髪。天使のように愛らしい顔。クリーム色のサテンに包まれた肢体の悩ましさ。同じ部屋にいるというだけで、ターリアは自分が野暮ったく見えるような気がした。「もう大人なんだから、自分のことは自分で決められるでしょうよ。無理強いはやめたほうがいいことよ、あなた」

情のかけらもない淡いブルーの目がターリアとマッティに注がれる。

ジェイクが何か口の中でぶつぶつ言い、タイルの床を擦る椅子の音も高く部屋を出ていった。

気まずい沈黙の中でターリアはコーヒーをすすり、マッティに朝食を食べさせた。

ベルは相手かまわずはしゃいでおしゃべりを始める。「みんなで海岸に行ったことがわかったら、ビニーはむくれちゃうわよ！」

「ビニーがキャンプから帰ってきたらまた行けばいいよ」ターリアに目を向けたまま、レオンが言った。そのレオンをアリシアがじっと見ている。

マッティが食べ終わるとすぐにターリアは立ち上がった。「失礼させていただきます」

「我々は朝食が終わったら出かけるけれど、本当に今日は休日にしなさい」レオンが声をかける。

ターリアは微笑を返して部屋を出た。いくらレオンが仕事の保証をしてくれても、アリシアが快く思っていないことは明らかだ。踊り場でジェイクに会った。「本当に海に行く気はないんですか？」

「ええ。私、ケイトに会いに行くつもりなの」とっさに思いついたことだった。

「アリシアのせいでしょう？　あなたを仲間外れにしようとしたから」ジェイクは本気で怒っている。

「いいえ、ジェイク。仲間外れなんかじゃないのよ。今日は、ご家族だけで過ごしたほうがいい日なの。私が行って邪魔をすべきじゃないのよ」

ジェイクはため息をついている。「あなたが行かないとつまらないんだ。あなたと一緒にいたい」

「そう。じゃ、帰ってきてからのことにしましょうね」ジェイクは黙って出て行った。

午後いっぱいをケイトのフラットで過ごしたターリアとマッティが家に帰ったのは、六時を過ぎていた。キッチンにマッティのミルクを取りに行くと、ロデール夫人が髪をふり乱して働いている。

「ただいま、ロデールさん。忙しそうね」

「お客さまなんです」むっつりした返事が返ってきた。ミラー家がイギリスに来たときから家政婦として働いているロデール夫人は、不愛想だが温かい人柄で子供たちにとても好かれている。

「何人？　お客さまって」

「たったの二人ですよ。だけど、大事なお客さまなんだそうです。奥さまによれば」

「お食事は何時？」

「お客さまは八時かそこらにいらっしゃるらしいから、八時半過ぎでしょうね」

「みんなは帰ってきたの？」

「いいえ。早く帰ってらっしゃればいいのに！」

ターリアはマッティをおふろに入れ、本を読んでやって寝かしつけた。それから急いでシャワーを浴び、お化粧をする。お客さまがあるなら、改まった服装をしなくてはならない。黒いタフタのドレスを着ることにした。淡く日に焼けた肌と艶のある髪の美しさがいっそう際立って、自分でも悪くないと思う。といって、嬉しくもなんともなかった。

マッティがよく眠っていることを確かめて階下に行く。笑い声がもれてくる居間のドアを何げなく開けた。最初に目に飛びこんできたのは――アレックス・ジョーダン。ゆったりと椅子に腰かけてアリシアと話している。

まさか！　ターリアは胸がむかむかするのを感じた。悪夢の続きではないだろうか。しかも、もっと悪いことには、この世でターリアが憎悪するただ一人の女までいる。アレックスの愛人、ジョアナ・ドミニクだ。

まず頭にひらめいたのは引き返すことだった。そして実際に向きを変えたとき、レオンに見つかった。

「ターリア！　こっちにいらっしゃい。何、飲む？」レオンが近づいてくる。万事休す、だった。

5

会話がぴたりと止まる。消えてしまいたいと、ターリアは思った。顔に血が上るのがわかる。自分に注がれた視線をいやというほど意識しながら、目を伏せたままでいた。

「紹介しよう」レオンが陽気な声を出した。ターリアの態度を恥じらいと受けとめたらしい。

「前に会ったことがあるんだ」アレックスの低い声が真横で聞こえた。ターリアはぎくっとして顔を上げた。アレックスは謎(なぞ)めいた灰色の目でじっとターリアを見おろしている。何を考えているのだろう？　こんな所で会ったことを意外とも思っていない様子だ。

「こんにちは、アレックス」ようやく、小声ながらどうにか普通の言い方ができた。

何も知らないレオンは嬉(うれ)しそうに言った。「偶然だなあ！」

「そう」アレックスはかすかに笑った。目はターリアから離さない。偶然などではないようにも思える。

ターリアはジョアナ・ドミニクに顔を向けた。「こんにちは、ドミニクさん」死ぬ思いで笑顔をつくる。

「こんにちは」ジョアナはそっけない挨拶を返す。怒っているのだ。目を見ればすぐわかる。驚いてもいるらしい。だが、どうして怒らなくてはならないのだろう？ いつだってターリアを打ち負かしてきたではないか。それに、ジョアナにはアレックスがいる。心をえぐられる思いだった。

アリシアがアレックスを呼んだおかげで助かった。ターリアはレオンの後から酒類を入れてある棚の方へ行く。「さあ、何をつくろうか？」

「ウイスキーをたっぷりいただけますか？」

レオンは眉を上げたが、スコッチをたっぷり注いだグラスを黙ってターリアに渡す。ターリアはそれを夢中になって飲んだ。

「いつごろからアレックスを知ってるの？」ターリアの様子がおかしいのに気づいたのか、レオンは探りを入れてくる。

「何年になるかしら」ターリアはわざとあいまいな言い方をした。「あなたは？」

「ああ、我々はもう長年のつき合いだよ」レオンはターリアの腕をとった。「さ、座ろう」

ターリアは、もくろみどおりジェイクの隣に腰かけることに成功した。ジェイクをはさんでジョアナ・ドミニクが座っている。向かい側でアリシアと話しているアレックスを見まいとしても、目はひとりでにそちらに引きつけられてしまう。

後ろにきちんと撫でつけられた髪は、ベルベットのディナー・ジャケットの衿につきそうなほど長い。理知的で苦みばしった美しさは、物憂げな灰色の目とともに忘れられないアレックスの魅力だった。その目で笑いかけられているわけでもないのに、ターリアの心は騒いだ。

ターリアは知っている。こんなふうにくつろいでいるように見えても、アレックスの鋭敏な理性は人の心の中まで容易に見通してしまう力がある。

アレックスは別の世界の人間なのだ。知力、財力、影響力、そして男としての魅力。すべてを兼ねそなえたアレックスになびかない女はいないだろう。現に、アリシアを苦もなく魅了しているではないか。

グラスの中の琥珀色の液体をターリアは見つめた。二階でアレックスの息子が眠っている。今のところアレックスは自分に息子がいることさえ知らない。

けれども、アリシア、レオン、ジェイク、皆がターリアに子供がいるのを知っている。マッティの存在をいつまでもアレックスに秘密にしておくことができるだろうか？　ターリアはごくんと唾を呑みこんだ。一言でも口をすべらそうものならばれてしまうかもしれない。なんとかしてこの場から逃げ出さなくては。いやな予感がして、室内を落ち着きなく見回す。その目が不意にアレックスの目と合ってしまった。ターリアは息を呑む。激しく打たれたような気がした。

にこりともしない灰色の目には表情というものがまるでない。それでいて、感情の猛火がぱちぱちと音をたてる。ターリアが先に目を伏せた。ゆっくりとジェイクの方を向く。ジェイクは朝以来の不機嫌が直っていない。うわべだけはさりげなくジェイクとおしゃべりを始める。アレックスにまだ見られているのはわかっていた。

食事の間じゅう、ターリアの神経はただ一つのことに集中していた。いつマッティの話が出るか。そればかり気になって料理の味などまるでわからない。ロデール夫人の料理の腕はいいのに、おがくずでも食べているような気分だった。

食後のコーヒーとブランデーのために全員が居間に移ったとき、ターリアはこっそりと皆から離れ、食堂の窓辺に佇（たたず）んでいた。どうぞ早くディナーが終わりますように。心の中で祈り続ける。

背後でかすかな物音がした。まだ誰かが残っていたのだろうか？　首をひねって後ろを見る。

アレックスだった。ドアのそばでたばこをくゆらしながらこちらをじっと見ている。

ターリアはふうっと息を吐いて窓の方に向き直った。いなくなってくれればいい。そう思いながらも、アレックスが黙って去るはずがないのはわかっていた。

足音は聞こえなかった。だが、気がつくと傍らにアレックスがいて、横からじっと見おろしている。「お願いです。あっちにいらしてください」

アレックスは動こうともしない。「どうしてきみはここに独りで残ってるの？」

ターリアは肩をすくめ、少し位置をずらした。こんなに近づかれると息が苦しくなってしまう。

「コーヒーは飲みたくないんです」アレックスを見ようとはしなかった。

「きみのドレス、いいね。黒が似合うよ」

今の気分にぴったりの色だから。ターリアは、声に出さない独り言を微苦笑で補う。

「たばこ、持っていらっしゃる？」

アレックスは金色のシガレット・ケースを差し出す。たばこを一本抜き出すターリアの指先が震えているのを無表情に眺めている。

二人の目が合った。ターリアはすぐに目をそむける。アレックスがライターを出した。

「ありがとう」深く吸い込んで気を静めようとする。無駄な努力だった。

「レオンの家で働くのに満足してるのか？」別に事を荒立てようという口調ではないのに、ターリアはびくっとした。この質問の真意はなんだろう？　もしかしたら、マッティのことを知っているのではないか？

「あなたとはお話ししたくありません。わからない？　私に構わないでください。ドミニクさんが捜しに……」なんということを口にしているのだろう？　ターリアは急に言葉を切って、顔を赤らめる。

アレックスの顔に微笑が浮かんだ。「ターリア。妬いていると思われるよ、そんな言い方すると」ことさらに皮肉っぽく言って、長い指をターリアの頬に滑らせる。

体がぴくっと震えた。ターリアは後ずさりする。「触らないでください」気色ばんだ声音にアレックスがむっと口元を引きしめた。

「一体どうしたというんだ？」声は低いが、明らかに怒りを含んでいる。「そんな憎しみの目でぼくをにらんだり、そばへ寄ると跳びのいたり。わけを言いたまえ、ターリア」

「どうして私をほっといてくださらないの？ まだわからない？」ターリアはかたくなにくり返す。

「わざとあいまいな話し方をしておいて、人にわからせようったって無理じゃないかな」いかにもばかにした口調。悔し涙がこぼれそうになって、ターリアはくるっと向きを変えた。

ちょうどそのとき、ジェイクが戸口に姿を見せた。ターリアの青くこわばった顔に気がついてジェイクは目を光らせる。「ターリア、すみませんが……」気まずい声だった。「マッティが夢にうなされて、あなたを呼んでいます。今、ベルがついてるけど」

ターリアは目を閉じる。長いこと恐れていた瞬間がとうとうやってきた。この恐れはマッティが生まれたときから抱き続けていたものではないか。とすると、二年以上にもなる。妙なことに、場違いの解放感を覚えるのだった。

「すぐ行くわ」ターリアは静かに言った。アレックスには目もくれない。心は、うなされているマッティでいっぱいだった。

マッティはベッドに起き上がっていた。涙でくしゃくしゃの顔をしている。ベルが一生懸命、慰めていた。ターリアはマッティの小さな体を抱きしめて、優しく揺すった。高く澄んだ声で歌を歌っているうちに、マッティの体はぐったりとしてくる。マッティをベッドに横たえ、じっと顔を見つめた。どこからどこまでアレックスにそっくり。哀しみに似たいとしさでターリアの胸はしめつけられた。

明かりを消さずにそっとマッティの寝室を出た。もう階下には行きたくない。かといって、挨拶もしないで引っ込んでいるわけにはいかないだろう。体の芯からうそ寒さが広がって感覚が麻痺してしまったような感じだった。のろのろと階段を降りていく。

居間にはアレックスの姿がなかった。心底ほっとする。アリシアとジョアナ・ドミニクが話をしていて、レオンとジェイクは酒類の棚のそばにいた。

「マッティは大丈夫？」ジェイクがすぐにたずねた。

「ええ――また眠ったわ」ターリアはジェイクとレオンに笑いかける。「私、ちょっと頭痛がするので、お先にやすませていただきます」

不快感を押し隠してジョアナ・ドミニクにも挨拶した。ジョアナは、せいせいしたという顔をしている。ドアを閉めながらターリアはやっとほっとした。

しかし一息ついたのも束の間、階段の昇り口でアレックスに行く手をふさがれてしまう。アレックスは険悪な顔つきで、いきなり話を切り出した。

「ジェイクから聞いたが、きみには子供がいるんだってね」ターリアはアレックスの目の荒々しさにたじろいで顔を伏せた。心臓が口から飛び出しそうにどきどきしている。

「それがあなたとどういう関係があるというんですか？」どんなに脅されても負けてはならない。内心のおびえを悟られないようにターリアはぴしゃりと言った。

「きみの例の男はどうしたんだ？　え？　ターリア。表情も変わるほど惚れていた男なのに、捨てられたのか？　それで、ここで働かなくちゃならんのか？」

このひとはいったいなんの話をしているのだろう？　〝例の男〟だなんて。それからふと気がついて、ターリアは笑い出す。ヒステリックな高い笑いだった。子供の父親がほかならぬ自分だとは、アレックスには思いもよらないらしい。さっきの心配は取り越し苦労だった。安堵と同時に、そういう男の鈍感さが腹立たしかった。

「マッティの父親は人でなしよ」こわばった顔でターリアは吐き捨てる。「私には用のない男です。さあ、そこ、どいてくださらない……」

「ターリア……」アレックスは引きとめようとする。

「ああ、アレックス。ここにいらしたの」甘ったるい声が割りこんできた。アリシアの目がターリアを刺し貫く。「早くいらっしゃいな。お話の続きをしましょうよ」

アリシアが言い終わらないうちにターリアは階段を昇っていた。振り向きもせずに自分の部屋に走りこみ、錠をかける。錠をかけたのは初めてだった。ぐったりと椅子に体を沈め、顔を両手で覆う。心身ともに消耗しきっていた。

子供がいることをアレックスに知られたら大変なことになると、それればかり心配し続けてきた。自分の子だとは夢にも思わないアレックスなど、予想もしなかった。考えてみると無理もない。四年近く会わなかったのだから。その間ターリアが男には見向きもしなかったことをアレックスは知る由もない。

アレックスのほうはどうだったのだろう？　ジョアナ・ドミニクとは結婚はしていないらしいが、関係が続いているのは間違いない。ジョアナはまだアレックスの秘書として働いているのだろうか？

わからないことだらけだ。ジョアナ・ドミニクには、アレックスが南米に発ってから四週間後に初めて会った。ジョアナはアレックスの親しい友人の娘だということを前に聞いて知っていた。親は金持ちらしい。アレックスが出発してからのあの四週間ほど長く感じた月日はない。アレックスからの連絡を待って待って待ち続けた。電話も手紙も、その他どんな手段の連絡もいっさいなかった。毎日、新聞を隅から隅まで読んでも、その小国のニュースはほとんど見つからない。アレックスは約束した——電話をかけると。

日がたつにつれ不安がつのり、眠れなくなった。気分が底知れず落ちこんでいく。ベッドから出ないで泣いていたかったがそうもいかず、会社では機械的に仕事を片づけていた。怪我でもしたのか——それとも、死んでしまったのでは……？　まさかそんなことはないだろう。死んだのなら、何か消息が伝えられるはずではないか。

内戦が続いていて報道関係者が国外に退去させられたことはテレビのニュースで知った。通信手段も大幅に損なわれているらしい。

そのころの日々を振り返ると、まざまざと記憶がよみがえってくるようでもあり、そのくせほとんど何一つ思い出せない。

妊娠しているとわかった日は絶望と希望に彩られていた。悲しみが新たになった一方で、アレックスの子を身ごもったという狂おしい喜びがターリアの胸いっぱいに溢れたのだった。

衝動的にアレックスに手紙を書いた。アレックスとのつながりを感じるために何かしないではいられない。そういう気持からだった。妊娠のことは書かなかった。手紙で言うべき事柄ではないと思ったからである。愛している。くれぐれも気をつけるように。それだけ書いた。ナイツブリッジにあるアレックスのフラットに電話すると親切な家政婦が出て、秘書にきけば南米の連絡先がわかるだろうと教えてくれた。

勤めの帰りにアレックスの事務所に寄った。艶やかな黒髪のやせた美人が机に向かっていた。それがジョアナ・ドミニクだった。ジョアナは最初から人を小ばかにしたような偉ぶった態度をしていた。

ターリアは口ごもりながら手紙の説明をする。ジョアナ・ドミニクは細い眉をつり上げ、やがて微笑した。「特別な便で明日アレックスに書類を送ります。その……お手紙とやらを渡してくだされば、それも包みに入れましょう」

ターリアは一瞬ためらった。が、結局は渡してしまう。ジョアナ・ドミニクの形のいい長い指が封筒にからみつくのを見ると、ぶるっと身震いが出た。

「アレックスとはいつごろからのお知り合いなんですか?」ターリアはあまりはっきりとは答えなかった。けれども、美人秘書はターリアの目にたゆたう恋する女特有の表情を見逃さなかった。

アレックスは今度こそ必ず連絡してくれるに違いない。そう信じこんでターリアはフラットに帰った。二週間過ぎても、アレックスからはなんの便りもない。あれは陰鬱な月曜日の朝だった。会社のターリアの部屋にジョアナ・ドミニクがふらっと入ってきた。

「マークとお会いする約束で来ました」事務的な口調である。マークに内線電話をかけていると、ジョアナはブリーフケースから封筒を取り出した。「この手紙、アレックスからあなた宛に来たものです」妙に甘ったるい微笑とフランス製の香水の香りを残してジョアナはマークの部屋に入って行った。

ターリアは封を切るのももどかしくアレックスからの手紙を取り出した。待ちに待った便り。天にも昇る心地だった。けれども、読むにつれ、顔色が青ざめる。胃のあたりもむかむかしてきた。間違いではないかと何度も何度も読み返す。

思ったよりも長く南米にいなくてはならない。ターリアとのことは、そのときは楽しかった。けれども、自分にとっては終わったことである。乱暴なほど短く、ぶっきらぼうな文面だった。卑劣でもあった。なぜ直接言えないのだろう？　そんな勇気もないとは。ジョアナ・ドミニクの低い笑い声がマークの部屋から聞こえてくる。ターリアは屈辱でかっとなった。ジョアナは手紙の内容を知っていて面白がっている！

マークの部屋との境のドアが開いた。ジョアナがこちらにやってくる。猫そっくりの目だった。「悪い知らせ？　あなたの手紙」

「ご存じでしょう？」平静な声を出すだけで精いっぱいだった。ジョアナは無視して、にこやかに続ける。

「アレックスは移り気なのよ――ああいう人だからできることだけど」ジョアナは見下すような目をターリアに投げかける。「あなたみたいな女はどこにでもころがっているんだから、ちょっとの間でもアレックスがつき合ってくれただけで感謝すべきだわ」ターリアとアレックスの間にあったことを逐一知っているという口ぶりだった。

「よくもそんなことを！」

「まあ、そう興奮しないで。あなたが初めてじゃないんだから。最後でもないでしょうけど。でも、いいの。いつも結局は私に戻ってくるんだから」ジョアナのぎらつく目を見ているうちにターリアは吐き気を覚えた。この女はアレックスの愛人でもあるのか。

「出て行ってください」もうたくさんだった。

「マークに聞こえたらなんと言うかしら！」ジョアナは憎々しげに口元を引きしめ、ドアに向かった。「アレックスはつきまとわれるのが大嫌いだから、もう連絡なんかしないほうがいいわよ」

ターリアはドアが閉まるまで目を閉じていた。体がこちこちになって息苦しい。声にならない悲鳴が渦を巻いて頭がくらくらする。これで自分の人生はおしまいになった。ジョアナ・ドミニクはそれを三十分足らずでやってのけたのだ。

どのくらいの時間、そのままの姿勢で座っていただろうか。会合に出掛けるマークが部屋から出てきた。虚空を見つめているターリアを一目見るなり、マークはタクシーを呼んで家に帰らせた。

来る日も来る日も自分で自分をさいなみ抜いた。手紙は捨てたが、文章は忘れようと思っても忘れられない。あれほど恋い焦がれ、再会を待ちわびていた相手は自分のことなど思い浮かべもしなかったのではないか。遠い過去の日のひとこまぐらいにしか思っていなかったことを、手紙によって思い出させられてさぞ不愉快だったに違いない。

アレックスがこれほど冷酷で卑怯な男だとは思わなかった。いかにアレックスという男について何も知らなかったか、今更のように思う。アレックスにとっては、束の間の情事に過ぎなかったのだ――〝その時は楽しかった〟だけの。苦い涙が体の奥から溢れ出しそうになる。自分には、最初で最後の恋だった。しかも、アレックスのように過ぎ去った情事としてさっさと切り捨てられない事情がある。おなかに子供がいるのだから。最大の打撃はジョアナ・ドミニクのことだった。ジョアナがアレックスの愛人だったとは。ターリアの話まで何もかも知っているらしいのは、アレックスの裏切り以外の何物でもない。

九カ月にわたる妊娠期間。それこそ地獄の苦しみだった。荒涼とした思いを胸に抱え、住む場所や生活費という現実的な問題にも直面しなくてはならなかった。

奇跡を待ち望む気持がまだ心のどこかにあった。もしかしたらアレックスからもう一度連絡があるかもしれない。そんなことをいまだに考えている自分の愚かさ弱さを軽蔑し、そしてアレックスを軽蔑した。

それなのに、陣痛の苦しみのさなか、何度も何度もアレックスの名を呼び続けた。やりきれない屈辱だった。アレックスの痕跡を消し去りたいがために、赤ん坊は養子に出すつもりでいた。けれども、生まれた子供を腕に抱いた瞬間、この子は決して手放せないと思った。アレックスを愛したように、子供を愛し始めていた。敗北は決定的になったように思われた。

三カ月後、自暴自棄な気分に襲われてアレックスの事務所に出かけた。どんなに憎んでいるふりをしても愛は執拗に居座り続ける。その葛藤に悩みながらも、アレックスには息子ができたことを知る権利があると思った。アレックスから何一つ期待していたわけではない。

事務所のある高層ビルに入ると、むかむかするほど動悸が速くなった。勇気を出してエレベーターで最上階まで昇る。アレックスの事務所のガラスのドアの前まで来た。そこで足ははたと止まり、そのまま壁際に後ずさりしてしまう。

ガラスのドアの向こう側の明るい照明の下では、二つの人影がからみ合っていた。アレックスとジョアナ・ドミニクだった。

ターリアはくるりと向きを変えて走り出した。どうやって家に帰り着いたか覚えていない。記憶にあるのは朦朧とした苦痛だけである。一週間後、フランスに渡って新しい職に就いた。以後、三年近くアレックスの姿を見ていなかった……。

追憶に耽るうちにいつしか泣いていた。泣かずにはいられないほど辛い歳月だった。けれども、こうしてアレックスに再会し、行く先々で顔を合わせなくてはならないのはもっと辛い。立ち上がってたばこに火をつけ、窓辺に近づく。

月の光の明るい夜だった。開け放した窓の下から人声が聞こえてくる。ジョアナ・ドミニクとアレックスが帰るところだった。車に乗り込む前にアリシアとレオンに話しかけている。上から見られているのがわかったかのように、ふと、アレックスはこちらを見上げた。

目が合ったとたんにターリアはびくっとして後ろにさがり、厚いカーテンを閉じた。エンジンが大きな音をたてている。

一晩じゅう眠れなかったような気がする夜が明けると、体はだるく、気分は最悪だった。すばらしい晴天がその日も続いていた。それでも心はまったく浮き立たない。マッティに八つ当たりしないように気をつけながらも、つい黙り込んでしまう。そんなターリアを眉間にしわを寄せて見ていたジェイクは、マッティとベルをプールで遊ばせてあげようと言い出した。

悪いと思いながらもターリアはジェイクの厚意に甘えることにした。今日ばかりは自分でもどうしようもない。一度は克服したと思っていた挫折感がまたぶり返してきて、心を濃い霧のように覆っていた。

何も手につかないまま午前中は部屋で過ごし、昼食の時間に階下へ降りて行くと、階段の下でアリシアに呼びとめられた。「どう？　気分はよくなった？」朝食の後、頭痛を口実にして部屋にひきこもったのである。アリシアは、ターリアのぴったり体に合ったジーンズと緑色の袖なしのブラウスにじろっと目を向けた。

「ええ、ありがとうございます」

「そう、よかったわ。お昼ごはんの前にちょっとお話ししたいんだけど、いい？」

「はい、もちろん」悪い話だとターリアは直感した。

「何かお飲みにならない？」ターリアはシェリーを頼んだ。売れっ子モデルにふさわしい優雅な身のこなしで、アリシアはシェリーを二つのグラスに注ぐ。

「レオンがいない間にお話ししたかったのよ」

ターリアは黙ってシェリーを飲む。

「あなたはよくやってくださっているって、レオンは満足しているし、子供たちもあなたが大好きなのよ――ジェイクときたら、もう大変なくらい」アリシアは笑いながら一息入れる。「レオンがあなたにいつまでも働いてほしいと言ったのは知っています。だけど……」あとは想像に任せるという空気だった。

ターリアは淡々と言った。「ほかの勤め口を探したほうがいいということですね？」

アリシアの立場も理解できないわけではない。家族と共にもう一度やり直そうとしているときに、ターリアのような若い女が目の前にちらちらしては、やりにくいに決まっている。

「えっ……まあ、そういうことなんだけど。すぐにも出ていって、とかいうことじゃないのよ。ただ――はっきり言えば、子供たちの面倒をみるのは私一人で十分だということよ」

ターリアは立ち上がって言った。「すぐにほかの勤め口を探します」

探すといっても容易なことではない。レオンの家で働けたのは、普通はあり得ないような幸運だったのだ。こんな勤め口がごろごろ転がっているわけはない。

「よかったわ。わかってくださって」珍しく神妙なアリシアの口調だった。

その日の午後、ターリアは日なたでマッティを遊ばせていた。だが、ともすれば心は当面の悩みに傾いていく。

母親の気乗りのしない様子に感づいたのか、マッティは責めるような目つきで言う。

「のど渇いた」

「そう。だったらおうちに入ってミルクを飲みましょう。ね?」口調だけは明るく言った。

「だっこして!」ターリアは笑いながら、マッティを抱き上げる。

家の横を回ってキッチンの戸口に向かいながら、マッティはきゃっきゃっと笑い声をたてた。そして、出くわしたのは、アレックスだった。

6

　ターリアは茫然としてアレックスを凝視する。放心状態なのに、ぜい肉のついていない腰の線を際立たせたジーンズや衿のボタンを外したグリーンのシャツを着たアレックスに見惚れているのだった。今日という日は何から何までついていない。

　マッティはすっかりおとなしくなって、ターリアの腕の中からアレックスを熱心に見つめている。アレックスは身動きもせずに立ちつくしていた。灰色の目がゆっくりとターリアからマッティに移る。ターリアは急に寒けに襲われて、気が遠くなりそうになった。

「驚いたなあ」アレックスが口を開いた。信じられないというように首を振っている。強い日光が容赦なくアレックスの黒い髪に照りつけていた。

　ターリアはそうっとマッティを地面に下ろす。急に重さがこたえてこれ以上は抱いていられなかった。自分自身の足元もおぼつかない。地面が揺れているような気がした。マッティが大声で自分を呼んでいる。目の前が真っ暗になった……。

　目を開けると居間にいた。長椅子に寝かされている。傍らにアレックスが立っていて、その手をマッティがしっかりと握っている。

「気分はどう?」アレックスがきいた。

「よくなったわ。あのう……お水、いただけるかしら?」口の中がからからだった。

アレックスはうなずく。「医者、呼ぼうか?」

「いえ……いいの。目まいがしただけだから――日に当たり過ぎたせいかもしれないわ」

無表情だが光の強いアレックスの目に射すくめられて、おびえさえ感じる。

「マミー……」マッティが涙に濡れた顔を仰向けて母親を呼んだ。ターリアは起き上がり、手をさしのべる。マッティはその腕の中に飛びこんで、胸に顔をうずめた。

「もう大丈夫よ。心配しなくても」ひとしきり慰められると、マッティはまたアレックスの方を向き、まばたきもせずに見つめる。自分との関係を本能的に感じでもしたように、異様な関心を示している。

水を入れたグラスを渡しながらアレックスは穏やかに言った。「話をしなくちゃね」

ターリアの顔色が変わる。「話って? なんの話ですか?」

「ターリア! いいかげんに……」アレックスは声を荒くした。感情の爆発を抑えようとして、体をこわばらせている。

「マッティの前ではいやです」

アレックスは肩をすくめる。「ご随意に。しかしいずれにしても話をつけなきゃならない」アレックスの存在そのものが威圧となってターリアにのしかかる。わざと脅かそうとしているのだろうか？　アレックスの意図はいったいなんなのだろう？

不意にターリアは苛立ちを覚える。「あなたには、私にどうしろなんて指図をする権利はないわ」

「いや、あるね」アレックスは意味ありげな視線をターリアの傍らのマッティに向けた。

「私たちのことはほっておいてください」

「もうそんなわけにはいかない」

「なぜそんなわけにはいかないんですか？　今日という日までほったらかしにしておいて、急にそんなこと言い出すなんて――どうして気が変わったんですか？」

「ターリア、きみは子供じゃないんだから、そういう言い方はよしなさい」冷ややかな応酬だった。

ターリアの憤りが爆発した。「あなたなんか顔も見たくない！」自分こそ、よくこんな厚かましい口のきき方ができるものだ。話など何一つする必要はありはしない。

アレックスはきっと口を引き結んでターリアをにらみつけている。「出ていってください」ターリアはくり返す。

突然、ドアが開いた。「声が聞こえたんで……」ジェイクだった。ターリアを見てたずねる。「大丈夫？」間をおかずにアレックスが言った。

「大丈夫だよ」自分のことは自分で答えますと、口まで出かかった。が、ターリアは口をつぐむ。ジェイクやマッティの前で言い争いはしたくない。

「あ……ああ、そう」ジェイクは顔を赤らめて目をアレックスからターリアに移す。

「ジェイク、お願いがあるんだが」アレックスは急に愛想よくジェイクに話しかける。

「なんですか？」

「マッティにミルクをやって、ちょっとの間、庭に連れ出してくれないか？　ターリアとぼくは話があるんだ」

「いいですよ」マッティの方に歩きかけながら、ジェイクの目はターリアに許可を求めている。

ターリアは力なく笑って黙認した。ジェイクはマッティの手を引いて出ていく。ドアが静かに閉まり、アレックスと二人きりになった。〝ジェイク、お願い。私のそばにいて〟唇をかみしめて声にならない言葉を呑みこむ。

「うん、賢明なやり方だったたな」ターリアの心のうちを見すかしたかのように、アレックスは言った。

「ジェイクはまきこまないでくださいね」

アレックスはにやりとする。「ジェイクののぼせぶりはもてあますか？」

「別にのぼせてなんか……」言いかけて口をつぐむ。否定したところで意味がないではないか。自分自身はもとより、レオンもリックもアリシアも、皆が知っている事実なのだから。恐らくアレックスはすぐさま気がついたに違いない。

「私が仕向けたんじゃないわ。そうおっしゃりたいんだったら言っておきますけど」何も言い訳しなくてもいいのにと思いながら、ターリアははっきりと言い直す。

「そんなふうには考えてやしない」アレックスは薄笑いを浮かべている。「たばこ、吸う？」

ターリアはうなずく。内心じりじりしつつ、むっと黙りこんで腰をおろしていた。アレックスは室内を歩き回ったり、窓越しに庭を見たりしている。庭からはジェイクとマッティの声が聞こえていた。ばかでかい声を張り上げて歌うジェイクを面白がってマッティはきゃっきゃっと笑いころげている。

アレックスはたばこを吸いながら、庭の二人に目を向けたまま荒々しく言った。「どうしてぼくに言ってくれなかったんだ？」知らない人が聞いたら、苦しげにもとれる声だった。

「あの子は……あなたの息子だと決めこんでるのはどうして？」気がとがめているからなおさら攻撃的になる。

アレックスは振り向いた。灰色の目が制すように鋭く光る。「ターリア、いい加減にしてくれ。マッティはぼくの息子だ。一目見てわかったよ。それにしても、四年もの間、ぼくにただの一言も知らせてくれないとは！」

「どうしたらよかったと言うんですか？」ターリアは食ってかかる。「さんざん物笑いの種になったのに、そのうえ同じことをくり返せと言うんですか？」

アレックスは眉をひそめてターリアの紅潮した顔を見つめた。「それはいったいどういう意味なんだ？」

「もしあなたの所に行って妊娠しているなんて言ったら、どうなると思います？」ターリアはいきりたって金切り声を上げる。「さぞかしお困りになったことでしょうねえ、あなたは！　で、子供なんかいらないって言うにきまってるわ。お金をくれて」不当な言い方だと承知しているのに、激昂のあまり言葉を抑えることができなかった。

アレックスはあっという間に部屋を横切り、ターリアを引っぱり起こした。体がぐらぐら揺れ、髪が乱れるほどターリアをゆさぶる。

「なんてひどいことを言う女なんだ！」二人の目がぴたっと合った。目がくらむほど張りつめた力が二人の間で爆発する。感電に似た衝撃だった。

ターリアは反射的に身を引いて、アレックスとの間に距離をあける。

アレックスは深いため息をついた。「本当にきみはそう思ったのか？」声からは怒りが消えている。

「あなたの関心がほかの人に移ったのは明らかだったわ」ジョアナ・ドミニクのことをほのめかすなんて、嫉妬しているのを自ら認めるようなものだ。

「そうか」アレックスはゆっくりと前に進み出て、ターリアとの距離を縮める。ターリアは後ろへさがった。こんな話を続けていたら、やぶへびだ。「本当にそうなのか?」

ターリアは首を横に振った。「アレックス、やめて! あなたとのことは……もう終わったんです。あなたがいやになったのと同じように、私もいやになったんだわ。あの子のことだって、生まれるまでは欲しくなかったんです……。でも、生まれてからは、自分で育てたいと思ったわ。そのときも今も、あなたという人は必要じゃないんです」自分が言っていることは本当だろうか? しかしもちろん、プライドというものがある。だから、あの心ない手紙から受けた打撃が決定的だったことはアレックスには知られたくない。とはいえ、心が千々に乱れるのは抑えられなかった。だが今は、複雑な心の動きを冷静に分析しているときではない。

アレックスは無表情な口調で答えた。「きみには必要じゃないかもしれないが、あの子は、ぼくの息子には、父親が必要だ」アレックスの指摘するとおりである。それがわかっているだけにいっそう、アレックスが憎かった。本当は、ずっと前からわかっていたことだ。考えないように努めてはいても胸の奥から消えたことがなかった。

「どうして急に心配し出したの? 今の今まで知らん顔だったくせに」

「何言ってるんだ。今の今まで息子がいることなんか知らせてもくれなかったじゃないか——きみを殺してやりたいくらいだ!」

なった。

「アレックス、お願い……」アレックスが言い出さないうちにターリアは懇願の目つきに

アレックスはずばりと言った。「ターリア、息子を渡してもらいたい」

「あの子を私から取り上げないで！」悲鳴に似た声だった。「そんなことできるはずないわ！」

「法廷で争いたいのか？」アレックスは冷ややかに続ける。「きみに勝ち目はないよ」

「マッティに何一つ不自由させてないわ」

「父親がいないじゃないか」

「だったら結婚するわ。嘘じゃないわ。あの子を手放さないためなら、どんなことだってするわ！」

アレックスは眉をつり上げた。「誰か当てがあるのか？」

「そんなこと、余計なお世話よ！」

「きみには結婚する相手なんか一人もいない。もうちゃんと調べがついているんだ。ボーイフレンドも、恋人も、誰もいはしない」

「レオンに相談するわ」

「レオンは既婚者だよ。それに、あの奥方が黙っちゃいないだろう。実際、きみがこの家にいるのをアリシアはよく我慢しているものだと思っていたよ」

ターリアは目を閉じた。不意に孤独感が押しよせてくる。私がどんなに孤独でも、アレックスにとってはどうでもいいことなのだ。言葉のやいばでどんなに私が傷つこうと、どうでもいいことなのだ。

「ぼくは自分の息子を手に入れたい。ぼくに息子を渡すか、ぼくと結婚するか――そのどっちかに決めてくれ。とにかく息子はぼくのものにするよ」

「あなたと結婚するか、ですって？」一瞬、ターリアはあっけにとられて、おうむ返しにきき返す。心臓が大きな音をたて始めた。「冗談でしょう！　あなたがどんな人間か、私は知ってるのよ。そんなあなたと結婚するなんて、まさか本気じゃないでしょうね！」

アレックスの顔を笑いがよぎった。「ぼくがきみだったら、断る前によく考えるだろうな。だってマッティのことを考えなくちゃならないだろう。ぼくはマッティに物心両面で十二分なことがしてやれる。きみは、実の父親という点も含めて、マッティにとっての恩恵をすべて否定するというのか？」

アレックスの理屈はターリアにこたえた。心をずたずたに裂かれたようなものだった。

「卑劣な人ね！　大嫌い！」

「ぼくの言ってることが正しいからだろう？」

「有無を言わせず窮地に追いこむからよ。憎んでいる相手と結婚するか、愛する息子を失うか、どっちかしかないなんて……」熱い涙が溢（あふ）れ出てきた。

「本当にぼくをそんなに憎んでいるのか?」アレックスの目は笑っていない。

「あなたにあんなことをされてはね。ええ、憎んでいます」ターリアは殊更に語気を強めて言った。

「ぼくが何をしたと言うんだ?」

ターリアは黙っている。アレックスは促した。「話してくれ。この際だから徹底的に」

「私は利用されてたに過ぎないのよ、あなたに」

「いや、それは違う。そんなことは決してない。ぼくは……」

ターリアはさえぎった。「だからといって別に構いやしないわ。もうみんな過去のことですもの」

「どういうわけか知らないが、きみはすっかり冷たくなって、息子の当然の権利も奪う、というわけだね」

ターリアは頬を伝い落ちる涙を指で払いのけ、冷静になろうと必死で努める。「どうして私と結婚しようとおっしゃるんですか? 何もそんなことしなくたって、マッティを手に入れることはできるのに?」声の震えを抑えられない。

「きみにいやいやながら結婚してもらって楽しいとは思えないよ。腹の底から憎まれている女と結婚したいと思うばかが世の中にいるだろうか。もっとも、そういう女の気を変えさせるのも一興かも知れないな」アレックスは無遠慮な目つきをターリアの体の上から下まで言わせる。裸にされたような感じだった。ターリアは真っ赤になる。

「だったら、どうして？」

「マッティはきみを愛してるし、きみはマッティを愛してる。それを無理に引き離したくはない。マッティはきみがどう思おうが、それは本当だ」何を考えているのか、アレックスの声や表情からは見当がつかない。

「ああ、そうですか」そんなつもりはなかったが、皮肉に聞こえたらしい。アレックスが舌打ちをした。

「いこじな人だなあ。そんなに虫酸が走るほどいやか。この四年間というもの、きみがいかに苦労したか、顔を見ればわかる。ぼくと結婚すれば生活の心配は一切なくなるんだ。保証するよ。いや、欲しいのはマッティで、きみじゃないんだから安心したまえ」

なぜかさっぱりわからないが、アレックスの言葉に傷つけられてしまう。目当てはマッティで、自分ではないことを喜ぶべきなのに。ターリアは浅黒く日焼けしたアレックスの顔をまじまじと見つめる。隅から隅までそらんじている美しい顔立ちをひとつずつ確かめていく。理由もなくこのひとの妻になるなんて……。けれども、マッティのことを考えると……。

「考えさせてください」

アレックスはうなずく。「明日のこの時間にまた来よう」

「明日ですって?」

「ああ、明日だ。しかし、きみの心はすでに決まっているね」アレックスは手を伸ばしてターリアの頬に触る。

ターリアはぎくっとして一歩さがった。「逃げ出すことだってできるわ。マッティを連れて今夜のうちに行方をくらますわ」

「すぐに見つかるからいいさ。それに、きみは逃げ出しやしない。気位が高い人だからね」

「私のこと、よく知りもしないくせに」

「ぼくは氷壁の奥にひそむ女を知ってるよ」

「人は四年もたてばひどく変わるものよ。もし……もし、ですよ。あなたと結婚したら、あなたにも辛い思いをさせてあげるわ。私が苦しんだのと……」

「復讐かい?」アレックスは茶化した口調できく。「なんの復讐? 何を考えてるんだ?」

「いつまでたってもわからないでしょうよ」意外にもアレックスは優しい笑みを浮かべて、いきなりターリアの額にキスをした。それから、くるっと向きを変え、ドアに向かう。

「じゃ、明日」

不意をつかれた驚きが醒めやらず、ターリアは無言で立ちつくしている。ふと我に返り、手近の物をアレックスに投げつけてやりたい衝動にかられた。もちろんそんなことはできない。この部屋にあるものはすべてレオンとアリシアの所有物だ。

アレックスはドアの前で振り返り、「送らなくてもいいよ」と、おかしそうに言った。「まあ、あなたって人は……」痛烈なしっぺ返しが口から出てこないうちに、ドアは閉まり、アレックスの低い笑い声が聞こえてきた。

ターリアは腕組みをして窓際に歩いていく。たった三十分間の出来事なのに、ショックが大き過ぎて頭がよく働かない。マッティは庭でジェイクと一緒にフットボールの真似(まね)をして遊んでいる。マッティを見ると、また涙がにじんできた。どうしたらいいだろう？　アレックスは欲しいものは必ず手に入れる人間なのだ。

もし、法廷に持ちこまれたら？　マッティを失うようなことは死んでもできない。そのうえ、マッティに父親が必要であることは近ごろになってますます切実に感じるようになった。

それにしても、マッティのためには、アレックスと結婚する以外に方法がないではないか。

それにしても、自分はどうなるのだろう？　憎んでいる男とどうして結婚しなくてはならないのか？　憎んでいる？　アレックスを？　本当に？　憎もうとして必死なのは確かだが、果たして成功したのだろうか？

マッティがいなくなったら生きている甲斐(かい)がない。たとえアレックスと一緒になったとしても、愛しているわけではないのだから、気持も傷つかなくてすむだろう。愛することなど、もう死ぬまでないのではないか？

ターリアは目に手を当てて泣き出した。自己憐憫(れんびん)なんかみっともない。だが、自分で自分を叱りつけても涙は止めどもなく流れる。これほどの寂寥感を覚えたことはあっただろうか？

涙が涸れるまで思い切り泣いたら妙に気分が落ち着いてきた。鼻をかんで自問自答する。

〝どこに住もうが、誰と住もうが同じではないか？〟

悔しいけれどアレックスの言うとおりだ。自分とマッティの周りに氷壁をめぐらして生きてきた。アレックスには負けたけれど、決して、決して喜ばせてなどやるものか。

夕方まで考えあぐねて座りこんでいると、レオンがネクタイをゆるめながら入ってきた。

「やあ、独り？」ターリアはうなずく。涙の跡を見とがめてレオンはたずねた。「どうしたの？　何かあったの？」ターリアは黙っている。

「何か飲まないか？」レオンは重ねてきき、戸棚の方へ歩いていく。「ぼくは一杯やりたいよ。めちゃくちゃに忙しい一日だった」

「じゃ、スコッチを少しいただけます？」

レオンはグラスを運んできて、腰をおろす。「さあ、話を聞かせてもらおう」

「さっきアレックスが来たんです」ターリアはグラスの中の氷を見つめて話し出した。

「マッティの父親はアレックスだろう？」

ターリアは目を大きく見開いて言った。「どうしておわかりになったんですか？」

「一目瞭然じゃないか。あんなによく似てれば。どうして前に気がつかなかったか不思議なくらいだ。で、アレックスにもわかったんだね？」

「ええ、私と結婚したいと言うんです」

レオンの顔にみるみる笑みが広がった。「そりゃ、すごいニュースじゃないか！」

「そうですか？」ターリアは暗い声できき返す。

「どうして？　結婚したくないの？」

「私の意志は関係ないんです。アレックスはマッティが欲しいから、おまけに私を引き取るだけで、それだけでも感謝しなくちゃいけないみたい」

「いや、それはあなたの思い違いだ」レオンは身を乗り出して、真顔になった。「ゆうべの様子からすると、アレックスは絶対にきみに気があるよ」

レオンは元気づけようとしてこんなことを言ってくれるのだ。優しい思いやりに心が動く。このひとだけだわ、本当の友だちは。アリシアの話はしないことにしよう。これ以上レオンを煩わせたくない。アレックスと結婚すればこの問題は自然に解決する。打算的な見地から考えれば、結婚によって大いに得するわけだ。少なくとも生活苦はなくなる。

「信じないんだな？　ぼくの言うこと」レオンはグラスに残ったウイスキーを一息に飲み干す。

「正直に言えとおっしゃるなら、ええ、信じられないんです」

「ゆうべアレックスにあなたのことをいっぱいきかれた。二人の間に何があったのかは知らないが、とにかく彼はあなたが好きなんだ。マッティがいても、いなくても」

「レオン……」

「いや、ちょっと聞きなさい、ターリア。アレックスとは長いつき合いなんだ。ここ二、三年、前にも増してとっつきにくい感じもあるが、あの男は根はぼくよりずっと人に優しいんだよ。わからない？」

「わかります」気乗りのしない返事だった。

「だったら、決心するとき、それを思い出して」

「もう決心しました」スコッチをぐいっと飲みこむ。

「どんなふうに？」

「結婚するんです」

「そんなすてばちな言い方をして！　愛していないの？」レオンは眉をひそめている。

「いません。取り引きだと思うことにしてるんです――欲得ずくの。なかなかうまくいかないけど」

「柄にもなく欲得ずくなんかになろうったって無理だよ。あなたのように感受性が強くて心の優しい人には」

ターリアはため息をついて立ち上がった。「私、マッティを探しに行ってきます」

「ターリア」レオンは呼びとめた。「あなたのことが心配でたまらないなあ」

「大丈夫です、レオン。見かけより強いから」

「アレックスがあなたを大事にするのは間違いないが、もし相談相手が欲しかったら……」

「わかってます。本当にありがとうございます」

マッティは部屋で眠っていた。寝顔を見ているといとしさで胸がしめつけられ、この子のためには自分のした決心が正しかったのだと思う。

夕食前に庭を歩けば食欲が出るかもしれない。そう思ってぶらぶらしていると、プールサイドでジェイクを見つけた。「お食事に遅れるわよ」

芝生で足音が聞こえなかったのか、ジェイクはびっくりしたように振り向いた。「構いやしない――おなか空いてないんです」甘い顔立ちを陰気にくもらせ、背中を丸めている。

「マッティの面倒をみてくださってありがとう」

「いや、いいんです」ジェイクはそっぽを向いた。

「私がいたら、邪魔かしら？」

ジェイクはため息をつく。「アレックス・ジョーダンがマッティのお父さんなんですね？」

「そうなの」

「あの人とあなたは……あなたは……？」

「結婚するの、アレックスと」ジェイクを傷つけたくはなかったが、やむを得ない。

「じゃあ、もうすぐいなくなるわけだ」

「そう。すぐにも、ね」

ジェイクは黙りこんでしまった。たとえほのかであっても若い日の片思いがどんなに切ないものか、ターリアはよく知っている。「私がよそへ行っても、お友だちでいられるじゃない」

「そうかな」濃いブルーの目が苦痛でゆがんでいる。

「ああ、ジェイク……なんと言えばいいのか」

ジェイクは不意に立ち上がり、長い髪をかき上げた。「ぼくは——ぼくは思ってた——ああ、もういいんだ」言い淀んだあげくにいきなり唇をターリアの頬に押しつけ、さっと走り去っていった。

ターリアはそっと自分の頬に触れる。濡れていた。また泣いていたらしい。心ならずも他人を傷つけながら生きていくのが人生なのだろうか。

翌日、アレックスの来訪をアリシアが知らせに来た。「アレックス・ジョーダンがあなたに会いたいんですって」アリシアは美しい目をしげしげとターリアに向ける。きっとレオンから聞いたのだろう。「あなたって人には、驚かされるじゃない？」どうしてこんなに気を悪くしたような顔をしているのだろう？　出ていってくれと言ったのはアリシアではないか。

「そうですか？」ターリアはほほえんで見せる。

「だってそうじゃない？　よりによってアレックス・ジョーダンとは——すごい獲物をつかまえたもんだわ」ターリアのような女にとっては奇跡以外の何物でもないと、アリシアの目は露骨に物語っていた。

ターリアは取り合わず、「すぐまいりますから」と言ってドアを閉めた。

アレックスは居間の窓際に立っていた。ピンストライプのダークスーツを着ている。長身と美貌がいっそう際立って、スーツ姿のせいか高い地位にいる人にあり勝ちなよそよそしささえ感じる。

「こんにちは」ターリアはおずおずと声をかけた。

アレックスはゆっくり振り返る。灰色の目がターリアのジーンズと赤いTシャツ、そして青白い顔、目のまわりの黒い隈をたどっていく。「やあ」口元にうっすらと笑いを浮かべる。

「コーヒーはいかがですかって、おききするようにアリシアから頼まれたんですけれど」

「コーヒーは欲しいけど、アリシアと抱き合わせなら断るよ」アレックスはずばずばと言った。

「さあ、それはわからないけど。アリシアが嫌いなの？」

「ぼくはきみに会いに来たんだよ」

アレックスの微笑の温かみにターリアは戸惑う。室内に燦々と射しこむ陽光の中で、アレックスの日焼けした肌や黒い髪が光沢を放っている。どうしてこうもアレックスが発散する雰囲気に心乱されてしまうのだろう。そんな自分が悔しかった。

「コーヒーいれてきます」ターリアは急いで部屋を出た。幸い、アリシアの姿は見えない。ロデール夫人が休みなので、自分でコーヒーの支度をする。パーコレーターが沸くのを待つ間、大きなキッチンを見回して思った。マッティが生まれてから初めて心休まる生活ができたこの家を去るのは寂しい。幸せは決して永続きしない――これは若くして得た教訓だった。コーヒーはすぐに沸いた。処刑台に赴くような心境で居間に戻る。

これからアレックスに結婚を承諾したと返事をすれば、小さな肩から生活の重荷を下ろすことはできるだろう。だが、それは自由を失うことでもある。

「マッティは？」アレックスがたずねた。

「ジェイクとビニーと一緒に外出してます。そのほうがいいと思って……」

コーヒーをいれてしまうと、することがなくなった。ぴんと張った糸のような沈黙が室内にみなぎる。ターリアは恐怖さえ覚えた。一緒になったらいつでもこんな空気の中で暮らさなくてはならないのだろうか？　アレックスに見つめられているのはわかっている。それでもコーヒー・カップを握りしめて下を向いていた。

「決心はついたのか?」沈黙の糸が切れた。

ターリアは、ふうっと息を吐き出す。アレックスにまっすぐ向けた目は大きく、美しく、自嘲がにじんでいた。「ええ、あなたと結婚します。でも最初からはっきりさせておきたいんですけど、結婚はマッティのためにするんです。それと、あなたが嫌いで、あなたのしたことは卑劣だと思っていることもついでに申し上げておきます!」アレックスの目や体の表情の変化を追いながら、ターリアは奇妙な満足感を覚えた。鉄面皮のアレックスにも少しはこたえただろう。だといいのだが。

「よくわかった。しかし、きみがぼくのことをどう思おうと一向に構わないんだ」

「そう。だったら結構ですこと」

「ああ、結構だ」

「で、いつですの? 結婚は」

「ちょうど一週間後だ」

「一週間ですって?」

「先に延ばす理由もないだろう」

どうしてこのひとはしゃあしゃあとしていられるのだろう? 決して感情を表に出すまいと固く心に決めていたのに、その決意は跡形もなく消えていく。ターリアはぶるぶる震え出した。

止めようとしても震えが止まらず、熱いコーヒーがこぼれ落ちた。素早くアレックスが立ってきて、ターリアの手からコーヒー・カップをもぎとり、ハンカチを出してジーンズのひざにこぼれたコーヒーを拭く。

「どうしたんだ？　そんなに震えて」

「ほっといてください」ターリアは震え声でささやいた。心にもなくさも心配そうにして……。それに、お願い、近寄らないで……。アレックスは構わずに、低い声で優しく話しかける。

「ターリア、ぼくの言うことを聞いて……」

「大丈夫よ、私のことなら」ターリアはこらえ切れずに大声を出した。「あなたのお話なんか聞きたくないの。ここにいらした目的は果たしたんだから、もうお帰りになったらいかが？」

アレックスはぐっとあごを引いた。「お望みのままに」

「お望みのままに？」ターリアはヒステリックに叫ぶ。「私の望みですって？　これがとんでもない。結婚なんて承諾したのがそもそも間違ってたんだわ！」

「ともかく、きみは承諾した。今日から一週間後には、きみとぼくは結婚するんだよ」

アレックスはターリアに冷ややかな一瞥を与え、さっさと部屋を出ていった。あ、行かないで……。ターリアの心のうちで矛盾した声がアレックスに呼びかけていた。

7

静かな結婚式だった。意外にも、アレックスは教会で結婚式をしようと言い出した。ターリアは震え上がって反対し、登記所での結婚を主張して譲らなかった。

「着るものを買いなさい。何か特別なのを」アレックスはドレスを買うためのお金を渡して言う。

ターリアは笑い出した。「どうして?」嘲笑まじりに問い返す。「結婚式なんて形式に過ぎないのに、着るものなんかどうだっていいわ」

「ぼくにとってはどうだってよくない。きみに似合う飛び切りいいドレスを買うんだ。なんだったらぼくがついて行こうか」

「ええ、わかったわよ。そんなにおっしゃるなら」ターリアはしぶしぶお金を受け取る。アレックスは言い出したら聞かないから、抵抗しても意味がなかった。

アレックスはようやく笑顔をみせた。「よろしい」けわしさと優しさの入りまじった灰色の目を、ターリアはなぜか息を呑む思いで見つめる。

婚約指輪も思いがけないことのひとつだった。アレックスはターリアの指にするりと指輪をはめた。金の台にダイアモンドが一個はまった指輪は非の打ちどころがない美しさだった。けれども、同時にアレックスの所有物だという刻印を押されたような感じもして、ターリアは不安に襲われてしまう。「指輪なんか要りません」ターリアの抗議に対してアレックスは一言も発しない。その目を見れば、口をつぐむほかはなかった。

ロデール夫人にマッティの子守りを頼んで、ターリアはロンドンに出た。どんなドレスが欲しいという心づもりもなく、店から店へと見て歩く。午後いっぱい歩き回って、やっとこれはと思うものを見つけた。クリーム色の絹のドレスで、カットがとてもしゃれている。キャミソール型のワンピースに、柔らかい雰囲気のジャケットがついていた。試着室の鏡に映る自分の姿を見て、にっこりする。これならぴったりだわ。だが、目玉が飛び出そうなほどの値段だった。今までこんな贅沢な品物を買おうとは夢にも思ったことがない。

しかしアレックスの命令に従ったままでなのだから案じることはないではないか。帰りのタクシーの中でターリアはそう思うことに心を決めた。

一週間はたちまちのうちに過ぎてしまった。結婚式が刻一刻と迫ってくる。

レオンをはじめ、ミラー家の家族全員が惜しまずに手助けしてくれる。アリシアまで協力的なのは、ターリアを厄介払いしたい一心かもしれない。独りターリアばかり鬱々として心楽しめない。住まいその他、今後の生活についてアレックスと打ち合わせをしなくてはならないと思う。しかしいずれにしろ、アレックスが何もかも手配して時機がくれば話してくれるのではないか。アレックスと間もなく結婚するという事実を心のどこかで認めたがらないかのようでもあった。ぎりぎりまで具体的な詳細を知らなければ実感もわきにくいだろう。結婚も架空のことだというふりをしていられる。

　ある日の午後、マッティを連れてアレックスと動物園に行くことになった。アレックスの一方的な提案だったが、ターリアは同意した。マッティが父親に慣れる必要があると思ったからだ。

　アレックスに肩車をしてもらって大喜びのマッティを見ていると、ターリアの胸は痛んだ。父子は最初から心の通い合った友だち同士のような仲のよさを見せている。そんな自分が情けなかったが、ターリアは無性に妬けて仕方がなかった。大切なマッティを、あまり好きでもない人間と共有しなくてはならないのは苦痛にさえ感じる。

　そんな自分の感情は別として、動物園行きはなかなかうまくいった。終始穏やかに思いやりを示したアレックスにターリアは、つい心を許しそうになる自分に気がつくのだった。とはいえ、家の前まで車で送ってもらってマッティと二人きりになったときは、やはり心が軽くなった。

　翌日、また三人で外出しようという電話がアレックスからかかってきた。ターリアは時間がないことを理由に断る。アレックスは怒って、辛辣な皮肉を言った。そうこうしているうちに、結婚式の日が来てしまった。

式そのものはあっという間にすんだ。アレックスに金の結婚指輪をはめられても、もはや何も感じなかった。誓いの言葉を言うアレックスの低い声が聞こえる。現実とは思えなかった。アレックスの車に乗りこんでからも、そうとしか思えない。アレックスの妻がこの自分……? ターリアはぶるっと震えた。前方から一瞬目をそらしてアレックスがきいた。「寒いのか?」

ターリアは首を振ってつぶやく。「いいえ、怖いだけ」

「何が? ぼくがか?」

「自分のしたことが」

アレックスは黙ってしまった。ハンドルを握りしめた浅黒い手にぼんやりと目をやったまま、ターリアは気がなさそうにたずねる。

「これからどこに行くの?」心配する必要はないと思いながら、つい心はマッティのうえにいく。マッティはクレイブン夫人に預けてきた。クレイブン夫人はナイツブリッジにあるアレックスのフラットの家政婦で、優しい目をしていて、もの柔らかな笑い方をする婦人である。ターリアは一目見て好きになった。もとよりクレイブン夫人の顔を見ると、四年前にフラットに電話してアレックスの南米の会社の住所をたずねたことを思い出さずにはいられない。

アレックスはかすかに笑って言う。「まあ、着いてのお楽しみということにしよう」

結婚式の日の段取りについてもアレックスに任せきりにしておいてききもしなかった自分が悪いのだ。それでも、じらすような言い方がしゃくに障る。

「私、疲れてるんだけど」つっかかるように言った。

「本当は疲れてやしないだろう?」むずかる子供をあやす口調だ。

「アレックス……」

「ターリア、ちょっとおとなしくしてなさい。もうすぐだから」声音は優しげだが、どことなく気味が悪い。どうしたというのだろう?

アレックスはホテル・リッツに結婚披露宴の予約をしてあった。集まっている顔ぶれを見て、ターリアはびっくりした。みんな来ているではないか。クレイブン夫人の手につかまったマッティ、ケイト、アリシア、レオン……。なぜか不意に涙がこみあげてきた。

アレックスに腕をとられた。ターリアは振りほどこうとする。軽い接触なのに薄絹を通して焼いた金ごてを当てられたような気がした。アレックスは手に力をこめ、耳元で叱りつける。「ちょっとは嬉しそうな顔をしたらどうだ!」

「ちっとも嬉しくなんかないんですもの」

「みんなにそれを知らせたいのか?」

「みんなにどう思われようと構いやしないわ」それは嘘だった。これはアレックスと自分だけの問題で、人に知られてはならない。ターリアは晴れやかな笑みを浮かべてシャンペンを飲み、陽気にふるまおうと努める。心は重く、索漠としていた。

「すてきなパーティだわ」気がつくと、ケイトが傍らにいる。「あなた、とってもきれい」

「ありがとう」ケイトに見せたターリアの笑顔は本物だった。「あなたが来てくれるなんてちっとも知らなかったけれど、嬉しいわ。このパーティのことも知らなかったの」

「ええ。アレックスがあなたを驚かすんだと言ってたわ。すごいだんなさま、つかまえたじゃない?」ケイトは賞賛と羨望(せんぼう)を隠さずに言った。ターリアは自分の夫に目をやった。アレックスは心もち皮肉っぽい笑いを灰色の目ににじませている。

ケイトにも事情は打ち明けられなかった。レストランで最初に会った夜からアレックスとターリアは愛し合っていると直感した、とケイトは言う。ターリアとマッティのために心から喜んでくれている友だちに、本当のことを言ったら心配するだろう。無用な心配はさせたくなかった。

パーティが進むにつれ、ターリアの心は軽くなっていく。シャンペンを飲み過ぎたせいだ。マッティのそばにとどまって、次から次へとお祝いの挨拶(あいさつ)に寄ってくる人々に光り輝く笑顔で応待した。

いつの間にか傍らにアレックスが来ている。ほんのり赤く、けだるげなターリアの顔に気がつくと、目を細くしてじっと見た。

　ターリアはなんということもなく笑いかける。アレックスも微笑を返した。「そうだ。言うのを忘れてた――とってもすてきだよ」かすれた低い声だった。

「あなたも、よ」ターリアはいっそう赤くなって、はしゃいだ笑い声を上げる。アレックスに対しても、ほかのひとに対しても、すっかり寛容な気持になっている。シャンペンの泡とともに闘志は消えてしまったらしい。

「きみ、飲み過ぎだよ」アレックスが言った。

「世の中がばら色に見えていいもんだわ。それに、いやなことも忘れられるし」しゃっくりをしながらターリアは答える。

「そろそろ帰ったほうがいいな」

「酔っ払ってあなたに恥をかかせるかと思って心配なの？」

「いやいや、恥をかくのはきみ自身だろう」アレックスは口の端に笑いをにじませている。

　ターリアは唐突にたずねた。「どうしてジョアナは来てないの？」

「招待しなかったから当然だろう」

「そう」ターリアは言葉を失って黙ってしまう。

　アレックスは皮肉っぽく言った。「ほかにご質問は？」

「私、とってもくたびれちゃった」ターリアの体がぐらりとアレックスの方に傾く。寝不足にアルコールのききめはてきめんだった。目をつむると、すべてがぐるぐる回り出した。

気がついたら車に乗っていた。マッティもクレイブン夫人もいる。車がアレックスのフラットに着いても、足に力が入らなくて歩けない。

アレックスが楽々と抱き上げて、ひんやりと心地よい寝室に運んでくれた。

「マッティは……」

「クレイブンさんが面倒みてくれるから心配しなくていい」ターリアは安心して、細い腕をアレックスの首に巻きつけた。なんだか空中に漂っているような気がする。服をそうっと脱がされているのにも気がつかなかった。ただただ、眠りたい。

「横になりなさい」ターリアは言われたとおりにする。柔らかいシーツが素肌に快い。上掛けをかける気力もなく、そのまま眠りに落ちていった。

目が覚めると、あたりは暗くなっている。ターリアは伸びをした。外を走る車の音がかすかに聞こえてくる。目を開けてもしばらくの間はどこにいるのか思い出せない。ようやく記憶が戻ってきたときは、体の節々が痛いのに気がついた。

小さな明かりが室内にばら色がかった光の環(わ)をつくっている。ベッドのそばの椅子にアレックスが腰かけていた。新聞を読んでいる。「やっと目が覚めたな」

ターリアは、ぱっと頬を染める。二人の目がぴったりと合った。先に目をそらしたのはターリアだ。

「今……今、何時？」

　重い体をやっとベッドの上に起こし、顔にかかった髪をかき上げる。その拍子に上掛けが滑り落ちた。上掛けの下は裸だった。アレックスがじいっとターリアの胸を見つめている。ターリアは慌ててシーツをあごまで引っぱり上げた。

「八時を過ぎてるよ」アレックスの声は平静だった。

「えっ？　八時？　マッティは？」

「一時間くらい前にクレイブンさんが寝かせたから大丈夫」アレックスは、濃密な視線を薄いシーツで覆われたターリアの体から外さずに答える。ターリアは体がその視線にこたえて熱っぽくうずき始めるのを感じた。自分で自分の反応に驚き、腹を立てる。嫌いなのに、感じるはずはないではないか。きっとこの柔らかい照明の醸し出す秘めごとめいた雰囲気のせいに違いない。それに、二人きりというのもいけない。

「私の服はどこ？」

　アレックスは物憂げに椅子を指す。

「あなたが……あなたが私の……？」

「そう。ぼくが脱がせた。きみは自分で脱げる状態じゃなかったからね」

　ターリアは真っ赤になった。「でも、シャンペンのおかげで元気が出たし」

　アレックスはにやっとした。「ぼくだったら、シャンペンよりもっと元気づけてあげられるよ」

言わんとすることは明白だった。ターリアは、かっとなってやり返す。「あなたなんか、どんなことしたって私を元気づけられないわよ！　さあ、出てってくださらない？　服を着る間」召使いにでも話すような口調だった。

アレックスの顔色が変わる。怒ったのだ。ゆっくりと立ち上がるとベッドに寄ってきた。

「来ないで」ターリアは震え声で言った。

「ぼくを刺戟するから悪いんだよ」

「アレックス、お願い……」灰色の目には怒りばかりではなく、欲望があらわに出ていた。

「ぼくだってきみを大いに元気づけられるさ」アレックスの手が伸びてシーツを一気にはぎとる。

ターリアは身動きできずに横たわっていた。光を放つアレックスの目が体をゆっくりと這っていく。

「きれいだ。四年前もきれいだった。だけど今のきみの体は女そのものだ」アレックスはかがんで、ターリアの肩に手をおいた。ターリアの体はこわばり、ずきずきと脈を打ち始める。

「触らないで！」アレックスの手を振り払った。早く、早く、ベッドから飛びおりなくては。気ばかり焦るが、手足は言うことを聞かない。押さえつけられているわけでもないのに、アレックスの目にとらえられたまま、じっと裸身を横たえていた。求められたい、アレックスに。いつしかそう願っている自分が屈辱でもあり、意外でもあった。

「触らないで」何回もくり返していれば、本当に触られたくないのだと自分も思えるかもしれない。

「どうして触っちゃいけないんだ？　きみはぼくの妻だよ。きみが欲しいんだ」ばたばたするターリアの両手をアレックスは片手で押さえつけた。

「いや……」

「本当にきみは免れられると思っていたのか？　四年間というもの、きみの白い体を思い出さなかったことはない。きみはぼくのものだ。今までもぼくのものだったけれど、今は晴れてぼくときみは夫婦になったんだよ」

「あなたは私を憎んでるじゃない」

アレックスはほほえんだ。稀にしか見せない優しさのきらめく微笑だった。「いや、ターリア。憎んでなんかいない。きみが欲しいだけだ。きみもぼくを求めている」

「そこが勘違いのもとなのよ――私はあなたなんか求めていないわ」勢いこんで言いながらも、自分の偽りに思い至る。こんなに求めているではないか。離れ離れだった四年間も、あれほど傷つきながら寝ても覚めても求め続けていたではないか。

「嘘つき」アレックスは言った。「口ではそう言いながら、きみの目も体も〝行かないで〟と懇願しているんだから」最初は軽く、だんだんと激しさを増していくキスが続く。絶対に反応してはだめ。ターリアは、自分に言い聞かせた。けれども、アレックスの唇の動きにつれて体の奥深くからうねりが広がっていく。とても抑えきれる質のものではなかった。我知らず口から切なげな声がもれてしまう。

アレックスは押さえつけていたターリアの手を放す。その手はアレックスの首にからみつき、黒い髪をまさぐって自分の方に引っぱる。アレックスの体の重みでターリアはベッドにめりこんだ。

狂おしく脈打つのどもとにアレックスの唇が押しつけられる。アレックスは顔を上げた。二人の目が合う。ターリアはアレックスの肩からシャツを滑らせた。静かな室内にアレックスの荒い息遣いが聞こえる。炎にふれでもしたように肌が熱い。時間も空間も無限の彼方(かなた)に飛び去っていった。

「あなた、抱いて……ああ、アレックス」濃さを増した灰色の目、形のよい唇、日焼けした肩、黒っぽい毛に覆われた胸。ターリアの視線は下がっていく。

固くひきしまったウエストまできて、ターリアは傷跡に気がついた。右肩の下に太い線状の傷跡がくっきりと残っている。四年前にはなかった。事故にでも遭ったのだろうか？ききたかったが、言葉が出てこない。

それにしても美しい肉体。のこぎりの歯のような白っぽい傷跡でさえも、男っぽさを強調している。ターリアは傷跡にそっと触った。

「きみが寝た男は何人いた？」アレックスはターリアの髪に口づけして言った。

ターリアは優しくからかう。「そんなこと、あなたに関係ある？」

「いや——ごめん。やきもちだよ」アレックスは不意に、にこっと笑いかけてターリアの顔にキスした。

ターリアは本当のことをアレックスに知ってほしかった。「誰とも寝てないのよ。本当に誰とも」

一瞬、アレックスは目をつぶった。それから、ターリアを抱いた腕に力をこめ、唇を求める。「ああ、ターリア……」胸と胸とがぴったり重なると、アレックスの力強い鼓動が伝わってきた。

二人の熱い体にひんやりしたシーツがからみつく。どちらの耳にも、ドアを叩く軽いノックの音は入らなかった。

遠慮がちながら辛抱強いノックが続いたあげくに、やっとアレックスがターリアの胸から顔を上げる。アレックスはいまいましげに舌打ちした。

それでもなお、ノックの音はやまない。前よりもいくぶん強めに叩いている。アレックスはベッドから離れ、シャツを肩にはおった。上掛けを急いで引っぱり上げてターリアは上気した顔を半分かくす。アレックスは声を張り上げた。「いいよ。クレイブンさん！」

クレイブン夫人の白髪まじりの頭がドアの陰から現れた。「申し訳ございませんが、だんなさま……」家政婦はどぎまぎして口ごもる。

「どうした？」クレイブン夫人の当惑した表情を見て、アレックスはおかしそうに促した。

「あのう……」家政婦は言いにくそうにターリアをちらと見る。「ドミニクさんからお電話なんですが。だんなさまはお休みだからと申したんですが、重要なお話があるからとおっしゃるもので……。おききしたほうがいいと思いまして」

アレックスは優しい返事をした。「ああ、いいんだよ、それで。書斎で電話をとるから」

ドアの前でアレックスが振り返って笑いかけたが、ターリアは微笑を返さなかった。目をつむって、出ていくアレックスを見まいとする。もう少しで起こるところだった場面を思うと、自己嫌悪で身が縮む。ジョアナ・ドミニクも、今自分がされたようなことをアレックスにされているに違いない。

マッティのために結婚するのだと、アレックスははっきり言っていた。便宜上の結婚をしたからといって、アレックスが秘書との関係を清算することなどはあり得ないだろう。もう決してアレックスに指一本触れさせるものか。

吐き気さえ感じて目を開けると、クレイブン夫人がまだいる。「ご気分はよくなりましたか？」

家政婦は心から案じている様子だった。「ありがとう。だいぶよくなったわ」

「だんなさまがとっても心配なさってましたよ」

本当かしら？　心配していたなんて。心の中でターリアは思う。「シャンペンを飲み過ぎちゃったの」

「結婚式の日ですもの、お酒ぐらい召し上がるのは当然ですよ。おなか、お空(す)きになったでしょ？」

　食べ物のことを考えるだけでむかむかしてくるが、クレイブン夫人の心遣いにこたえてターリアはうなずく。

「いつでも召し上がれるように支度してありますよ。それから、お坊ちゃん、よく眠っていらっしゃいます。本当に可愛いお子さんですね」クレイブン夫人はおしゃべりを続ける。

「私、だんなさまのためにもとっても嬉しいんです。なかなかぴったりのご結婚相手にめぐり合えませんでしたからね。でも、奥さまを一目見て、ぴったりの方だとすぐにわかりました」

　ジョアナ・ドミニクこそ、ぴったりの女性ではないか。マッティさえいなかったら。家政婦は上機嫌で出ていった。

　ターリアは枕(まくら)によりかかる。不意に涙がこみあげてきた。四年前にぽいと自分を捨てた男をどうして熱烈に求めてしまうのだろうか？　家政婦がノックしなかったら今ごろは男の腕の中に横たわっていただろう。枕に顔を押しつけてむせび泣いた。

　肩をそっとつかまれて、初めて気がついた。いつの間にアレックスは戻ってきたのだろう？「どうして泣いてるの？」

「ほっといて！」涙があとからあとから出てくる。アレックスは立ったままターリアを見おろしていた。やがてベッドの端に腰を掛け、シーツでターリアの体をくるみながら抱き起こす。

「いや……」アレックスは手を離そうとしない。

「ターリア、話をしないか？」

ターリアは黙って首を横に振る。

「きみは幸せじゃないんだね」

「幸せなはずはないじゃありませんか。無理やり結婚させられて、さっきは……あんなとまで……。どうして私をほっといてくださらないの？」

「しかし、きみもああしたかったんじゃないか。きみの意志に反してぼくが強制したと言いたいんなら、自分を偽っているに過ぎないよ」

「あなたは怒ってたんじゃない」

アレックスは涙で濡れたターリアの顔を見て、ため息をつく。「ああ、怒っていた。きみが怒らせたんだよ。どんな聖人だってあんな言われ方したら怒るさ」

「しかも、あなたは聖人でもなんでもないし」

アレックスは思わず笑い出した。この笑いに気を許しては危ない。ターリアはアレックスの腕の中から抜け出した。アレックスも引き止めようとはしない。

「重要なお話はおすみになりまして？」ターリアは冷ややかな口調で皮肉った。自分のこともアレックスのことも話題にしたくないし、アレックスに早くここを出ていってもらいたい。マッティの様子も見に行きたい。コーヒーを飲んで、たばこを吸いたい。もろもろの欲求を抱えながらも、アレックスがいてはベッドから動くわけにはいかなかった。

「ああ、すんだ」アレックスは取り合わない。

「ドミニクさんは私たちの結婚を快く思ってないでしょうよ」言うまいと思いつつ、アレックスの反応を見たいばかりについ口から出てしまう。

アレックスは無表情に問い返す。「どうしてそう思うんだい？」

名状し難い怒りで、ターリアは腹に据えかねた。何という嘘つきなのだろう！「よくそんな、しゃあしゃあとしていられるわね。私の目は節穴だと思ってるの？ジョアナ・ドミニクとあなたとの仲は公然の秘密じゃありませんか」

意外にもアレックスは頭をのけぞらせて笑い出した。ターリアは啞然としてアレックスの顔を見る。

「ジョアナは秘書だよ。それ以外の何ものでもない」さんざん笑ったあげくにアレックスは言った。

「へええ、そうですか？」あくまでも白をきる気なんだわ。人をばかにするにもほどがある！

「ああ、そうだよ。それに、たとえドミニクとの間に何があったにせよ、きみにとってはどうでもいいことなんだろう？」

痛いところをついてくる。ターリアは苦々しく思った。「そのとおり。私にはどうでもいいことです。だけど、私が何も気がつかない間抜けだと思ったら大間違いよ」

「どうかしてる。まったくどうかしてるよ、きみは」

「どうかしてるのはあなたよ。ドミニクさんと結婚すればよかったんだわ。私と、じゃなくて」

「そうしたいと思ったらとっくにそうしてるさ。ぼくはきみと結婚したんだよ。いい加減にそんなばかばかしいお遊びはよしてくれ」

「お遊びなんかじゃないわ。あなたが嫌いなのよ。大嫌いなの。認めたくないんでしょう？ うぬぼれ屋さんのあなたとしては」

アレックスの顔色が変わる。「認めるも認めないもないだろう。ほんの十分くらい前に、きみはぼくの腕の中で狂喜の涙を流すところだったんだよ。知らないとは言わせない」

傷口に塩をすりつけられるようなものだった。息つく間もなくターリアはアレックスの顔に平手打ちを食わせていた。一瞬、電気が流れたような青白い沈黙が流れる。次いでアレックスに、骨も砕けよとばかり肩をわしづかみにされる。狂暴なキスが降ってきた。怒らせた罰のつもりに違いない。優しさの片鱗も、情熱の痕跡もなく、ただ残忍に唇を奪うだけだった。

ターリアは力いっぱいもがいてアレックスの腕から逃れようとする。しかしいくら押しのけようとしても、びくともしない。アレックスの頑強さに恐怖すら覚えた。けれども、体のほうが突如として抵抗をやめてしまう。刺戟にこたえずにはいられなくなったのだ。おとなしくなったターリアからアレックスは不意に手を離した。自分自身にもターリアにもいやけがさしたとでもいうように、ベッドを降りて後ずさりする。

二人はそのままにらみ合っていた。アレックスは指の関節が白く浮き出るほど両のこぶしを強く握りしめている。

言葉がターリアの口まで出かかった。だが、そのときはすでにアレックスが部屋を出ていくところだった。ドアがばたんと閉まる。静かな室内に音が空しく反響した。

8

二人は黙りこくって食卓に向かい合った。料理の味はいいのに、ターリアは食欲をまったく感じない。いさかいもアレックスの食欲には影響を及ぼさない様子だった。まるで見知らぬ他人のように見える。ついさっきまでその腕に抱かれ、熱烈な愛撫に身をまかせていたとは信じられない。

「何か食べなきゃいけないよ」突然アレックスが話しかけた。相変わらず淡々とした声音である。

「私……私、おなか空いてないの」歯切れの悪いターリアの返事のあとは再び無言の食事に戻った。ターリアはやり切れない思いでため息をつく。これからずうっとこんな生活が続くのだろうか。自分でもどうしたいのか考える気力さえない。

食後のコーヒーとブランデーのために二人は居間に移った。ターリアは室内をゆっくりと眺める。壁紙は深紅で、床には分厚いカーペットが敷きつめてある。石の彫刻も含めて、独特の硬質な美しさのある部屋だった。男性的で洗練された趣味と財力を物語る室内装飾だが、決して堅苦しくはない。アレックスに視線を移すと、警戒心をほの見せた目と目が合った。ターリアは急いで目をそらす。アレックスがこのフラットに連れてきた女は何人いたのだろう？　先ほどまで自分が寝ていたあの特大のベッドでくどいた女は何人いたのだろう？

くどく？　ターリアの口元に苦笑いが浮かぶ。アレックスは女をくどく必要などないだろう。女のほうが喜んでくどかれたがるだろうし、もしかしたらアレックス以上に熱心かもしれない。

次から次へともの思いに耽っているうちに、ふとあることに気がついて愕然とする。

これは嫉妬ではないか？　まさか、と笑い飛ばそうとしても執拗に頭から離れない。嫉妬しているのだ。アレックスと関係のあったすべての女に。とりわけジョアナ・ドミニクに対して。

ターリアはたばこに火をつけて深く吸いこむ。嫉妬しているとしたら、アレックスを憎む気持とつじつまが合わないではないか。内心うろたえてアレックスを盗み見る。アレックスはまだこっちをじっと見ていた。

「とっても素敵なフラットね」ターリアは用心深く微笑して言った。食卓に座ってから自発的に口をきいたのはこれが初めてである。アレックスは少なからず驚いた様子だった。

「ありがとう。便利な点を第一に考えて選んだんだが」にこっと顔をほころばしてアレックスは答えた。

「お客さまはたくさんあるの?」どうしてこんなことをきいてしまうのだろう? 返事を聞けば気分をそこなわれるのはわかっているのに。

「うん、しょっちゅうあるよ」

「女の人?」自分で自分を追いこんでいく。

アレックスはうなずく。「女もいる」

「ドミニクさんは常連なんでしょう……ね?」

「ああ、ジョアナは何度も来ているな」アレックスは辛抱強く答える。

「なるほど」

「きみは納得してない」

「あら、納得してますよ。ただ、これからはドミニクさんがいらっしゃることを前もって教えてくださったほうがいいわ。私、お邪魔しないようにするから」アレックスの目に苛立ちが現れた。

「さっき言っただろう、ジョアナは恋人でもなんでもない。どうしてきみはいつまでもそれにこだわっているんだ? ぼくに忠誠を誓わせたいのか?」

ターリアの頰に血が上る。「いえ……まさか、そんなことあり得ないじゃない。ただ、あなたには分別をもって行動してほしいだけ。マッティのために」これでは嘘に嘘を重ねるようなものではないか。そんなことを言う権利はないのに、アレックスの忠誠を望んでいるのはターリア自身だった。忠誠ばかりではない。彼の愛が欲しかった。もはや自分を偽っても無駄だった。

愛している。愛さなかったことは一度もなく、これからも愛し続けるのをやめられないだろう。本当はわかっていたのだ。けれども、必死で否定しようとしていたに過ぎない。

「マッティのためにだって？」アレックスは皮肉る。「きみ自身の意見はどうなの、奥さま？」

「あなたが何をなさろうとあなたの勝手です」心のうちを悟られまいとしてターリアは冷たく言い放つ。

「ずいぶん理解のある奥さまだなあ！」アレックスはわざとらしい口調でからかう。「ぼくも同じように寛容にするつもりはないことがわかったら、きみも気が変わるかもしれないな」

「どういう意味かしら？」

アレックスはにやっとする。だが、目は笑っていない。「どういう意味か、考えてごらん」

アレックスの顔を見ているうちに、声を上げて笑い出したくなった。男をつくるという意味だとしたら、絶対にあり得ないではないか。なぜかといって、男は今までもこれからばならない。

もアレックスしかいないのだから。しかしこのことは永遠に自分の胸に秘めておかなければならない。

「私は自分の好きなことをするだけで、あなたにあれこれ指図される必要はありません」

「それならほかの男になんか目をくれてる暇がないほど、きみを忙しくさせてやるからそのつもりでいなさい」

意味は聞かなくてもわかっている。ターリアは立ち上がった。当てこすりや言い争いはもうたくさん。結婚式の夜からこうでは、先が思いやられる。

落ち着きなく室内を歩き回るターリアをアレックスは目で追う。「何かほかのことを話しません？」ターリアはアレックスの方を見ないで言った。

「いいよ」思いのほか穏やかなアレックスの返事である。「じゃあ、きみとぼくのことを話そう」

ターリアはきっと面を上げ、用心深い目つきになる。「あなたと私のことって、なんですか？」

「明日、フィジーへ行く気はない？」

「なんですって？」ターリアはあっけにとられてきき返す。

「今言ったとおりだよ」アレックスは細い葉巻に火をつけた。香りのよい煙が渦を巻いて立ちこめる。

「ええ、でも、どうして？」

「新婚旅行と世間では言っているんじゃないかな」

「そんなの、いやです！　まさか……新婚旅行だなんて……ばかげてるわ」

「そうかな？」アレックスは、わざと濃厚な視線をターリアのほっそりした体にまといつかせる。

「あなただって、わかってるくせに。とにかく私は行きたくありません」ターリアの目には早、白い砂浜と透き通った紺碧の海、そして真っ青な空の下で愛し合うアレックスと自分の姿が浮かんでくる。そして、そんな場面を想像してしまう自分にはっとした。

「本当にいやか？」

アレックスにとっては、どっちでも構わないに違いない。そう思うとやはりみじめでたまらなくなる。

「本当にいやよ」ターリアは精いっぱい冷たく答えた。

「そうか、だったら、あっちの家に行くことにしよう」

田舎に家があることはアレックスから聞いて知っている。結婚したらその家に住もうと、アレックスは言っていた。広い庭つきの大きな屋敷らしいから、マッティにとっては理想的だ。

マッティを田舎の環境で育てられるのは嬉しい。しかも、ロンドンからさして遠くないからアレックスは通勤できるし、ターリアも買い物や友だちに会いに出てこられる。家を見るのが楽しみだった。

「ええ、いいわ」ターリアは、やっと笑ってみせた。

電話が鳴って、アレックスは立っていく。ひきしまった体がしなやかに動くのをターリアは感嘆の目で眺めた。同時に、名状し難い不安にとらわれる。

アレックスと結婚しさえすれば生活上の問題がなくなると思ったのは間違いだった。愛していることをはっきりと自覚した今、問題はさらに多く、しかも複雑になっている。結果がどうなろうが、今したいことを実行に移せたらどんなにいいだろう。フィジーへ行こうという誘いにも乗って、いそいそと旅に出られたら……。

電話口で話しているアレックスの顔立ちを目でたどってみる。強い意志をあらわすあごの線。日焼けした頬骨。毅然としていて、しかも官能的な唇。これらのひとつひとつを片時も忘れていなかったことに、今更のように気がつく。

アレックスは複雑な魅力に満ちた男である。その強烈な個性のさまざまな面をかいま見たことはあっても、完全に理解したとは言えない。向こう見ずで野性的な傾向は精神力と知性によって程よく和らげられている。徹底的に冷たく非情なときもあるが、それでいて、本質的な心の温かさを持っている人間だった。謎の多いひと。このひとをもっともっと知りたい。ターリアは心の中でつぶやいた。

椅子のひじに腰かけて脚をぶらぶらさせながら、二本目のたばこに火をつける。愛していると悟った瞬間から何もかもが違って見える。もっとはっきり物事が見えるようになったと言ってもよい。

無意識にせよ愛していたからこそ、こんなに簡単にアレックスの結婚の申し込みに同意したのだった。意識の深層では、アレックスと一緒になれる機会をてぐすね引いて待ち構えていたのかもしれない。もしも骨の髄から憎んでいたのだったら、何がなんでも抵抗したに違いない。心のどこかで、結婚したらアレックスも自分を愛するようになるのではないかという望みを抱いていたのではないだろうか。これでは初めてアレックスに会ったときからちっとも成長していないということになる。こんなにだまされやすいうぶな女をアレックスが愛するようになるはずはない。

それに、いまだにジョアナ・ドミニクという女の存在がある。アレックスがなんと言おうと、二人は愛人同士だと思う。それなのに自分を見つめるアレックスの灰色の目には欲望があらわに出ていた。あの目つきを思い出しただけで、体がぴくっとわななく。ちょっと触れられただけで全身がほてってしまうのに、どうやってアレックスの求めをはねつけたらいいのだろうか?

愛が不在の行為だと承知していてアレックスに抱かれる苦痛にはとても耐えられないだろう。大喜びでアレックスの欲望のはけぐちになりたがる女たちの一人に自分が甘んじてなれるとは思えなかった。

アレックスは受話器を置いて、こちらを向く。二人の目が合った。ターリアは動悸が速くなるのを感じて慌てて目をそらし、椅子から立ち上がる。

「私……私、もう寝ようと思うけど」うわずった声が出てしまう。

アレックスは例の、心のうちをのぞかせない目つきでターリアを見つめ、それからふっと笑った。「うん、それがいいね」返事と同時に近づいて、ターリアの金褐色の髪に手を触れる。

ターリアはびくっとして飛びのく。「もちろん、独りで、という意味よ」

「ぼくが独りできみを寝かせると本当に思ってるのか?」

かすれた声を耳にし、濃厚な光を放つ目に見つめられただけで、ターリアの自制心は音をたてて崩れていく。

「私なんか欲しくないけれど、マッティのために結婚するんだって、言ったじゃない」

「嘘ついただけだよ。欲しいにきまってるじゃないか――どんなにきみを抱きたがってるか、よく知ってるくせに」

ターリアはごくっと唾を呑みこむ。「でも、私はちっとも抱かれたくないの」

アレックスの目がさっと光る。いらいらしている証拠だった。「きみはまるでこわれたみたいに同じことばかり繰り返して――ぼくに対してだけじゃなく、自分にも嘘をついている。本当はぼくに抱かれたいんだよ」

「抱かれたくなんかありません」アレックスの目を見る勇気がなくて、シャツの衿からのぞく日焼けした肌と黒い縮れ毛に目をやる。「結婚という永久就職も、ただで手に入ると思ったら大間違いというわけ？」

アレックスの顔がこわばる。「きみだって、ぼくの本音はわかっていただろう」

「いいえ、わかってなんかいなかったわ」ターリアは笑い声を上げる。「あなたの言葉を真に受けていたけど、今はじめて気がついたわ。あなたは私が体で支払えばいいと思ってるのね。私って、なんという間抜けなのかしら——自分がいやになるわ」

アレックスは一歩前に出た。片方の手がターリアの腰にかかる。ターリアは体をこちこちにしてささやいた。「やめて……」アレックスの指先はすでに薄絹を通してターリアの体の線をゆっくりとたどっている。

震えがターリアの体を貫き、全神経がアレックスの指に集中する。ターリアは身もだえしてアレックスから離れた。「大きな声を出すわよ——クレイブンさんを起こしていいの」

アレックスは肩をすくめる。「どうぞ、構わないさ。声を出してみろよ。ぼくの唇でふたをして、きみの口から音がもれないようにしてやるから」

ターリアの口の中はからからだった。どうしてこんなにまで苦労して抵抗しなくてはならないのだろう？　ふっと気弱になりそうな自分を急いで叱りつける。アレックスからさらに遠のいて言った。「どうしてあなたの言いなりにならなくてはいけないんですか？愛されてもいないのに」

アレックスは一息おいて慎重な口調で問い返す。「じゃ、もし、きみを愛しているとしたら？」

口は重宝なもの。目的を達するためには、愛という言葉さえ無神経に口にしようとする。アレックスの嘘に対抗するために、ターリアは歯を食いしばって嘘を吐き出した。「どっちみち同じことだけど。私はあなたを愛してないんだから」

アレックスは口元をゆがめる。「ひざまずいて頼めばいいと言いたいのか？」

意味がよくわからなかったし、取り合わないほうがいいとターリアは思った。「私、疲れたわ」

「嘘をつくんじゃない。午後いっぱい眠ってたじゃないか」アレックスはまたターリアに近づいた。反射的にターリアは体を硬くする。無意識の反応をアレックスの目は見逃さない。ターリアは目が回りそうにくらくらしながら、アレックスの唇を見つめる。

「きみはわざとぼくを怒らせようとしているのか？」ターリアがたじろぐほどアレックスの語気は鋭かった。「そうだとしたら、きみのお望みどおりになってるよ。念のため言うがね！」

「どうして私の言うことを信じてくださらないの？」

「どうしてだか教えてやろう。ターリア、もう芝居はたくさんだ。本気でいこうじゃないか」

「そんなに女が欲しいなら、ジョアナ・ドミニクに電話したらいいじゃない？　あの人なら二つ返事で、あなたの……あなたのご要望にこたえるでしょうよ！」心はたまらなく傷ついていながら、体じゅうまるで無数の生きもののようにアレックスを喘ぎ求めている。アレックスにも自分にも抵抗しなくてはならないのだから二重の苦しみだった。

　アレックスは口の中で荒々しく罵り、あっという間にターリアの肩をわしづかみにした。手加減もせずに引きよせて自分の体に押しつける。片方の手でターリアの髪をつかみ、後ろへぐっと引いて頭をのけぞらせ、有無を言わせず唇を奪う。ターリアの自制心も消えうせるほど深いキスだった。アレックスの厚い胸に自分から進んでしがみついていく。すさまじい速さで心臓が音をたてている。

「ああ、ターリア。きみってひとは罪深い。ぼくは頭がどうかなっちゃいそうだ」かすれた声でアレックスはターリアの髪にささやきかける。ターリアはにこっとした。厚いその唇にしばし目を当てていたが、アレックスはターリアの体から手を離した。

　ターリアは、そのまま立ちつくしている。なんとなくはぐらかされたような感じだった。ここまできて急にやめるとは……いったいどうしたのだろう？

　アレックスはこちらに背を向けて酒を注いでいる。「ブランデー、欲しい？」いつもの厳しい声に戻っていた。

「いえ……いらないわ……ありがとう」顔がほてって、足はまだがくがくしている。

アレックスは振り向きもしないで言った。「きみはさっきの部屋で寝ていいよ——邪魔しないから」

「そう、わかりました」ばかげていると思いながら、涙で目がぼやけてくる。アレックスは、もうその気もなくなってしまったのだろうか? だったら自分の思うつぼではないか? ターリアはくるっと向きを変え、走るように居間を出た。

ベッドに入る前にマッティの様子を見に行く。今日は一日中かまってやれなかったと思うと胸が痛む。マッティはぐっすり眠っていた。夢でも見ているのかほほえんでいるマッティの寝顔を見ているうちに、いつしか泣き出している自分に気がつく。

寝苦しい夜だった。大きなベッドで独り迎えた一日目の朝から寝過ごしてしまった。慌ててはね起きてマッティの寝室に行く。ベッドはもぬけのからだった。居間に入りかけて思わず歩を止める。

大きな革のひじ掛け椅子にアレックスが腰かけていた。そのひざにちょこんとのっかっているのはマッティだった。アレックスはマッティに絵本を読んでやっている。二人ともターリアに気がつかない。ターリアは父子をしみじみと眺めた。黒っぽい髪の頭を寄せ合っている二人のなんと似ていること。

マッティは父親にそっくりな息子だった。

アレックスは笑い声をたてながらふとターリアの方へ顔を向け、にっこりした。「今日は一日おやすみかと思ったよ」マッティも母親に気がついて、ぱっと顔を輝かす。アレックスのひざから下りて、かけ寄ってきた。「おじさんと本、見てたの。おじさんと朝ごはん食べたよ」マッティは得意げに報告する。

ターリアはマッティを抱き上げてキスをする。息子の頭越しにアレックスの目と目が合った。辛(つら)いけれども思い切ってやらなければならない。それも、今。息子を抱いたまま、アレックスに近づいた。

「マッティ」優しいが、りんとした母親の声にマッティはけげんな顔を向ける。「このおじさんはね、お父(ダ)さん(ディ)よ。あなたのダディよ」

アレックスが息を呑むのが気配でわかった。

「このおじさんが？」マッティは目をみはっている。ターリアは不安で胸がどきどきした。理解できないのだろうか？　やり方がいけなかったのだろうか？

マッティは不意に首をねじ曲げてアレックスの顔を見おろした。やがて、マッティの顔いっぱいに笑いが広がっていく。「ダディ」幸せそうな呼びかけだった。

ターリアは息子を床におろした。息子を見つめるアレックスの顔にはなんともいえぬ温かい美しさが溢(あふ)れている。ターリアは、見つめ合っている父子を前にして思った。マッティは最初から本能的に感じていたに違いない。やっぱり結婚してよかったのだ。二人はすでに愛し合っている。マッティにとって、アレックスは早、父親としてなくてはならない存在になっている。

熱い塊がターリアの胸に突きあげてきた。アレックスが広げた腕の中にマッティは飛びこんでいく。

喜びと悲しみが相半ばした複雑な思い。マッティをこれからは独り占めできない。マッティのほうも今までほどは母親を必要としないだろう。掌中の珠を失ったような寂しさに嫉妬も入りまじっていた。

ターリアは寝室に戻ってベッドに身を投げ出し、心ゆくまで泣いた。たまりにたまっていたさまざまな感情をこれ以上は抑えておけなかった。何時間もむせび泣いていたような気がする。

「ターリア……」肩を触られた。アレックスの声は低く、穏やかにささやく。ターリアは枕にいっそう深く顔をうずめた。体がそっと持ち上げられ、仰向けにされる。アレックスは親指をターリアのあごにかけて上を向かせ、涙に濡れた青白い顔をのぞきこむ。「泣かないで」ターリアの涙は一段と勢いを増すのだった。

「ああ、ターリア、後生だから……」アレックスは苦渋を含んだ声で話しかけ、ターリアをしっかり抱きしめる。力強い胸にぴったりと抱えられ、髪をいとしげに撫でつけられているうちに、むせび泣きも少しずつおさまってきた。アレックスはターリアの涙を拭く。

「ごめんなさい」アレックスの胸に手を当てたまま鼻をすすって言った。

「どうして謝る?」

「あなたの服を涙で汚しちゃったから」

アレックスはターリアの顔に手を触れる。「とってもきれいだよ」

「まさか、きれいなはずないわ。マッティは?」

「クレイブンさんがミルクとビスケットを食べさせてる」一息入れてアレックスは続けた。

「さっきはありがとう――とても嬉しかった。きみにとっては辛かったろうね」

ターリアは頬を赤らめる。「だって、いつまでもマッティに〝おじさん〟って呼ばせておくわけにいかないでしょ? 辛くないことはなかったわ。やきもちなのよ。でも、やっぱりああしてよかった。マッティはあなたをもう愛してるもの」

「マッティはすばらしい息子だし、きみもすばらしい母親だ」アレックスの指先がターリアの肩から薄いレースの下に滑る。焼けつくような感触だった。「妊娠しているときのきみを見たかった」かすれ声に変わっている。ああ、また危ない空気になっていく。

ターリアは体を硬くして言った。「みっともなくて見られたものじゃなかったわ」

「そんなはずはない」声は元に戻った。危機を脱したらしい。ターリアは唇をなめて、作り笑いをする。

「本当よ。さあ、私、シャワーを浴びて着かえなきゃ。今日はおうちに行くんでしょう?」

アレックスは探るような視線をターリアに注ぐ。よく承知しているのだ。会話がほんのわずかでも機微に触れそうになると、ターリアがすぐに話題をそらすのを。アレックスは立ち上がった。

「昼食をすませたら出かけよう」ほほえんではいるが、さっき見せたような柔らかい笑顔ではない。腰の線がはっきり出ているジーンズ姿のアレックスを見上げて、ターリアは間の抜けた返事をする。

「お昼ご飯をすませたら出かけましょう」なぜか寂しさが襲ってきた。

「ターリア。きみ、大丈夫?」和らいだ声音に、ターリアはふっと気が弱くなりそうになる。あの腕に抱かれたら、辛くも寂しくもなくなるのに。けれども、愛されなかったら、離れ離れにいるのも同じこと。目に見えない石の壁が二人の間にそそり立っているようなものだった。その壁を突き破ってでも、アレックスに自分をさらけ出してみたらどうか。最初に拒絶されたときの痛手が大き過ぎて、その勇気は出なかった。もう一度あの絶望の淵に突き落とされるかもしれないと思うと……。

「ええ、大丈夫よ」苦しい嘘だった。

アレックスは、重ねて問いただしたそうな表情である。が、結局、それ以上はきかなかった。「家はきみの気に入ると思うよ。夕食の時間までに着かなきゃ。ルイーズがきみに会いたがってる」

「ルイーズ？」またもや疑いの目つきになる。

ターリアの心を見すかしたかのようにアレックスは笑いだした。「何、考えてるんだい。ルイーズは、母が死んでからぼくの面倒をみてくれたひとだよ」アレックスがまだ赤ん坊のころに父親は家を出た。母親はアレックスが十二のとき交通事故で死んだ。そういうアレックスの生い立ちはターリアも聞いて知っていた。幼くして両親を失ったことが自立心の強いアレックスの性格形成の大きな要因になったのだろう。

「その方もおうちに住んでいらっしゃるの？」

「いや。近くに住んでるから、留守のときは家を見てくれるんだ。母の学校時代からの親友でね――きみが好きになるようなひとだよ」

「だといいんだけど」友だちになれるかどうかは、会ってみないとわからない。

「心配しなさんな――うまくいくから」アレックスはいきなりかがみこんで、ターリアの唇に軽くキスした。

予定どおり、一家は昼食後に出発した。よく晴れた日のドライブは快適である。車が大好きなマッティは上機嫌でおしゃべりをしている。ロンドンを離れるとアレックスの車はみるみる速度を上げ、いつのまにか狭い田舎道に入っていた。

薄紫のしゃくなげが咲き乱れる鉄の門を通り抜けて曲がりくねった車回しを進む。前方に家が見えてきた。

ターリアは思わず感嘆の声を上げた。うららかな午後の陽光を浴びて、つたのからまる古い大きな屋敷が光り輝いている。車を停めたアレックスはターリアの顔をじっと見た。

「すてき！」ターリアはアレックスの方を向いてほほえんだ。こんなに晴れやかな笑顔を見せるのは、結婚式以来はじめてだ。アレックスはにこりともしない。どうしたのだろう？　何か悪いことを言ったのだろうか？　財産にしか興味を示さない女だと思ったのかもしれない。

大きな正面ドアが開いて、小柄な白髪まじりの女性が二匹のグレートデーンを従えて現れた。四年ぶりに再会したあの夜、レストランにいた女性である。あのひとがルイーズだったのか。

9

一カ月は飛ぶように過ぎ去った。新しい家に移ったときの興奮や混乱が一段落すると、ターリアの日常も円滑に流れるようになった。胸に秘めた愛の痛みさえなければ、幸せそのものの生活だっただろう。

ルイーズとは、やはりよい友だちになれた。マッティはルイーズに祖母のようになつき、ルイーズはマッティをねこかわいがりする。家については、何から何までがターリアの夢の実現といってよいくらい理想的な住まいだった。マッティと二人で午後いっぱいを日の当たる庭で過ごす。ある晩、アレックスが黒い仔犬を連れて帰宅した。マッティも仔犬もそれ以来かたときも離れようとしない。

アレックスとマッティのきずなは日一日と強くなっていく。マッティは父親を偶像視していて、アレックスの名を口にしないときはなく、暇さえあればちょこちょこつきまとっていた。

終日マックと一緒に日なたにいるマッティの肌はこんがりと焼けて、すっかり健康的な色つやになった。マックとは、マッティが名づけた仔犬の名前である。マッティは覚えが早く、その目は満ち足りて光り輝いていた。これほど幸福そうなマッティを見たことはない。それだけが、ターリアにとっての救いだった。安定した生活こそマッティのためにいつも望んでいた条件だった。アレックスの言ったとおりだ！　マッティは今や何一つ不足のない環境にいる。息子を見るたびに、この道を選んでよかったのだと思う。

ターリアにとっても、外面的には幸せな毎日だった。アレックスが車を買ってくれたので、家から一歩も出られないということもない。村の女性を一人頼んで掃除に来てもらっているから、家事の負担も軽かった。

ルイーズはどちらかといえば内気で打ち解けにくい性格だが、非常に親切だった。いつでも喜んでマッティの子守りをしてくれる。ルイーズの夫は作家で、年がら年じゅう旅に出ているらしい。現在もアフリカのどこかにいて、数カ月しないと帰ってこないという話だった。ルイーズによると、夫のジョンソンとはいまだに胸のときめく仲だという。二人は一年に二、三カ月しか会わない。それなのにルイーズはいかにも幸せそうに見える。山小屋ふうの小さな家で絵を描きながら犬と暮らしていた。「会わないでいると恋しさがつのるものなのよ」ルイーズは、ある日の午後ターリアとお茶をともにして言った。「ジョンソンと私がいつも一緒にいたとしたら、お互いに頭がおかしくなって一年もしないうちに離婚しちゃうでしょうよ！」

ルイーズの心境もわかるような気がするし、夫への愛がもたらす心の平安がターリアには羨ましかった。アレックスとの仲はまったく進展していない。夫婦とは名ばかりで、心身ともに一定の距離を保った礼儀正しい他人同士だった。アレックスにたまに優しくされると、邪険な言葉を投げつけられるよりももっと傷つき、神経がたかぶるのだった。神経をぴりぴりさせたターリアを見るアレックスの目はよそよそしい。

二人をへだてた壁はますます高くなっていく。アレックスは朝早く家を出て、遅くまで帰らないことが多い。仕事に没頭している毎日であるのは、引き結んだ口元や張りつめた肩のあたりを見ればわかる。

それでもともすれば、ジョアナ・ドミニクと一緒にいるアレックスを想像してしまう。ターリアが床に入ってからやっとアレックスが帰宅する夜などは、ジョアナと一緒の場面が頭にちらついていつまでも眠れない。アレックスはジョアナを食事に誘ったのだろうか？　フラットに連れて行ったのだろうか？　愛し合っているのだろうか？

はっきり言えることがひとつある――アレックスはターリアをもう求めていない。結婚式の夜を境に触れようともしなかった。ターリアに向ける灰色の目はもはや何も物語らない。

そういう生活が夫婦のどちらにとっても負担にならないわけはなかった。心に思っても口に出さないことが二人の間には多過ぎる。恋が色に出るのを恐れてターリアは積極的な行動をとる勇気が出ない。

日がたつにつれ、二人は顔を合わせる機会が少なくなり、ターリアの不幸だという自覚は深まっていった。

ある暑い日の午後、ターリアは静まり返った家に独りきりだった。マッティはルイーズの家に行っていて、四時のお茶の時間まで迎えに行く必要はない。広い家の中をあちらこちら歩き回ってみる。絵や彫刻に見入ったり、木の家具や絹のクッションに手を触れたりしながら、思いはアレックスにいく。今どこにいるのだろう？

日焼けしたアレックスの顔が目に浮かぶ。寂しさが体をかけ抜ける。これほど想い焦がれているのに、アレックスは振り向きもしてくれない。

そうだ。こんなに暑いんだから本を読みながら日光浴でもして、気をまぎらしてみよう。二階の寝室へ走って行ってビキニを探し出した。

黒いビキニを着ると、肌の白さがいっそう際立って見える。大きなベッドが自分をあざ笑っているような気さえした。夜ごと独りでそこに身を横たえる。体はいつも満ち足りぬ思いでほてっていた。アレックスとの間に立ちはだかっている壁を押しのけてでも、そばに行きたくてたまらなくなる。

けれども白昼の光にさらされると夜の自分の弱さやアレックスの冷ややかさが腹立たしくなるのだった。

ターリアは毛布をひっつかんで階下へかけ降りた。じりじりと照りつける太陽が素肌を快く刺戟する。庭の木々の間を縫って、芝が長く伸びている涼しげな場所を探した。

毛布の上に腹這いになって本を広げる。背中が焼けるように熱く、虫の羽音が耳をかすめた。空気は夏のざわめきでいっぱいだった。いくら読書に集中しようとしても、頭が言うことを聞かない。まぶたがしだいに重くなってきた。

ずいぶん長いときが過ぎたような気がする——本当にうたた寝をしていたのかどうかもわからない。ふと我に返った。背中を誰かの手がゆっくりとさすっている。

心臓が口から飛び出しそうになって、がばと上体を仰向けた。アレックスだった。

「ああ！　びっくりした！」

アレックスはほほえんだ。「眠ってたものね」

「眠ってた？　私が？」ターリアはどぎまぎして目を伏せる。「会社じゃなかったの？」

「いや」アレックスは物憂げな返事をして、ターリアの白い肌に目を這わせる。

ターリアは体が熱くなるのを感じた。毛布にくるまってしまいたいと思う。だが狼狽ぶりを悟られたくない一心で、身動きもせずにアレックスを見上げていた。

アレックスの目はターリアの体を一巡して顔に戻ってくる。二人の目が合った。ターリアの心臓が音をたて始める。「日光浴してるの」ターリアは先に目をそらし、わかりきったことを言う。

「そのようだね。ぼくも一緒に日光浴していい？」

「いやとも言えないでしょう」

アレックスはさっさとターリアの隣に横になった。ぴっちりしたジーンズの黒い袖なしのシャツを着ている。シャワーを浴びたばかりらしい。髪が濡れている。浅黒い肩や腕に太陽が当たって光沢を放っていた。ターリアはごくんと唾を呑みこむ。

「今朝、レオンから電話がかかってきたよ」

レオンの名を聞いただけで胸が温かくなる。「レオンは元気だった？」

「ああ。アリシアとはうまくいってるらしいよ」

「ほんと？ よかった。アリシアのこと、とっても愛してるんですもの。幸せになっていいはずだわ」ターリアは、アレックスの顔に向けた目をつとそらす。

「誰だってみんな幸せになっていいはずじゃないか？」アレックスは無表情に言った。

ターリアは唐突に話を変える。「マッティはルイーズのところに行って、絵を習っているの」アレックスは返事をしない。

何か言わなくては——なんでもいいから……。沈黙が気詰まりでターリアは焦る。どうして二人が一緒になると、ぎくしゃくしてしまうのだろうか？ アレックスの突き刺すような視線を感じる。憤りが胸にくすぶり広がっていく。アレックスさえその気になれば、こんな不自然な空気にならないですむのに。もしかしたらわざと自分を困らせて面白がっているのかもしれない。

「向こうに行ってくださるわけにはいかないのかしら?」ターリアはたまりかねてそう言うと、体をずらしてアレックスとの間に距離をあけた。

「いかないね」気取った口調の返事が返ってきた。続いて片方の手が伸び、ターリアの脚を軽くさする。

「やめて!」ターリアはびくっと脚をひっこめた。アレックスの目も口元も怒りをあらわにしている。

「ぼくに強姦されるとでも思ってるのか?」あまりにも冷ややかな言い方。ターリアの顔に血が上った。

のしかかるようにして上体を傾け、アレックスは指先でターリアのあごをつまむ。顔をじっとのぞきこんで言った。「ターリア、ごめん」束の間みせた微笑は柔らかい。「どうしたんだろう、我々は?」

〝あなたの愛がないからよ〟ターリアは心の中でつぶやく。アレックスは深いため息をついた。寂しさやら怒りやら喜びやら、矛盾した感情に翻弄されてターリアは途方に暮れてしまう。アレックスに向けた目は正直にそれを物語っていた。

アレックスの息遣いが不規則になり、唇が近づいてくる。時間をかけた深いキスが続いた。反応を隠し切れるものではなかった。ターリアの両手はアレックスの肩をしっかりつかむ。

アレックスには、あまりにも長いことほっておかれた。いったん堰(せき)を切った流れはとどまるところを知らずほとばしり出る。

アレックスには思いがけないターリアの反応だったらしい。ターリアは唇を合わせたまま、ほほえもうとした。

アレックスの唇は離れ、ターリアの頬、あご、のどへと移っていく。ターリアは頭をのけぞらせてアレックスの感触を全身に感じる。ターリアの指先もアレックスの黒い髪をまさぐっていた。動悸(どうき)が肌を伝ってくる。二人とも同じように心臓がすさまじい音をたてていた。

ターリアの指の動きにつれてアレックスは体を震わせる。その口からはターリアの名が低くもれていた。ターリアの体が下になり、伸びた芝は押しだかれた。

アレックスは難なくビキニのトップを外して唇を当てる。ターリアは我を忘れた。こんなに愛しているひとをどうして拒めようか。

「ターリア、きみのせいだぞ」胸のくぼみに顔をうずめたアレックスの声はかすれている。

「もう我慢できない！」陶酔でもうろうとなりながらも、アレックスの意思表示はターリアの頭に届いた。ターリアは無意識にもがいてアレックスの手をよける。愛されてもいないのに、身をまかすなんて！　屈辱感がよみがえってきた。

「アレックス、やめて……」ターリアはがっしりしたアレックスの胸板に両手を当てて力いっぱい押しのけようとする。アレックスはびくともしない。ターリアののどを熱くほてった唇でさぐっている。半ば閉じた目でターリアはアレックスの顔を追った。口はからからになり、アレックスによってしか満たされることのない渇きが体をさいなむ。

頭のてっぺんから足の爪先までアレックスを求めていて、きちんと考えることもできない。身をまかせられたらどんなにいいだろうか。だがもしそうしたら、アレックスに本心を悟られてしまうだろう。だからといって、アレックスは意に介しないだろうし。自分だけがいっそう苦しみ、恥ずかしい思いをするだけだ。

もう一度前と同じことを繰り返すなんて——今度こそは耐えられないのではないか。とにかくやめなくてはいけない。ターリアは精いっぱい冷ややかな声を出した。「また代償を払わなくちゃならないの、アレックス？　マッティと私を養ってくださる代わりを請求するってわけ？」

アレックスの耳には入らなかったのではないかと、ターリアは思った。けれども、アレックスの体がこわばったのが自分の体にも伝わる。アレックスは頭を上げ、険しい目でターリアを見おろした。

「ターリア、きみっていう女はそういう考え方しかできないのか。だったらどうなりと好きなように思ってくれ！」こわばった顔がいきなりかぶさってきて、無理やり唇を割られた。アレックスは暴力的な怒りに駆られている。ターリアは口がきけなかった。

このひとは私を憎んでいる。そればかりでなく、私の体を求めずにはいられない自分自身も憎んでいる。心の中でターリアは悲鳴に似た叫び声を上げた。あれほど充足を求めてうずいていた体は急に冷え冷えと静まり返っている。うつろな目に真っ青な空が映っていた。アレックスの唇や手の感触をまるで他人の体のようにぼんやりとしか感じられない。知らず知らず涙が流れ出していた。どうして？　どうして、こんなにアレックスを怒らせてしまったのだろう？

アレックスは荒々しい言葉を口から吐き出し、不意に体を離した。身動きもせずにターリアは横たわっていた。アレックスの背中を見上げる。アレックスは髪の毛に手を突っこんでかきむしっていた。

気がついたときは激しく泣きじゃくっていた。アレックスの息遣いから、ひどく怒っているのがわかる。自分が悪かった。でも、それしか方法がなかったのだ。

「泣くのはよしてくれ！」アレックスは振り向きもせずに、苛立たしい声を上げる。

「ご……ごめんなさい」

アレックスはもう一度、乱暴に罵った。そして、ターリアの方を向く。乱れた髪、涙に濡れた青白い顔、半裸の白い体。順々にアレックスの目がたどる。

優しさのみじんもないアレックスの顔を茫然と見つめていたターリアは上半身を起こし、

ビキニのトップを震える指先でつかんだ。

アレックスは無表情な目でそれを眺めている。相変わらず何を考えているのかわからないが、二人をとり巻く空気がこわばっていることだけは、はっきりしていた。

ターリアは無意識に腕組みで胸を隠し、赤らめた顔を伏せていた。何か言わなくてはと思うが、言葉が出てこない。

考えに耽(ふけ)っているように見えたアレックスが手を伸ばして、ターリアの髪をかきのけ、名残の涙を親指でそうっとぬぐった。

ターリアはびくっとして身を引く。アレックスも自分自身も怖かった。アレックスはさっと手を離す。

「びくびくしないでいい」アレックスの声は冷たくなっていた。「きみに飛びかかろうなんて気はないから」

「別にそんなことは……」

「ないっていうのか？ よしなさい、ターリア。見え透いたことを言うのは」

ターリアはどきんとして横を向く。愛しているのがわかってしまったのだろうか？

「まあ、勘のいいこと！」皮肉でごまかす。

アレックスは笑った。「そう思う？」

「いい加減にしてよっ！」神経がひりひりして大声を出してしまう。

アレックスは動じない。ついさっきまでのアレックスとは別人のようだった。

「明日、ホノルルに発つよ」ターリアのヒステリックな発言が聞こえなかったかのように話し出す。「ホノルルの仕事が終わって帰ってきたら、ぼくはロンドンのフラットに移る。マッティときみはここに住んでいなさい。マッティにはもちろんこれからも会いたいが、細かい点はあとで決めよう」

なぐられたとしても、これほどの衝撃は受けなかっただろう。このひとは行ってしまう。生きながら死んでいたも同然の四年間ののちに生に連れ戻してくれたのはアレックスではないか。そのアレックスに去られるのは、魂をもぎとられるようなものだ。

「でも……でも、ここはあなたのおうちなのに」こんなつまらないことを言っていないで、〝お願い、行かないで〟となぜ口に出してしまえないのだろう。

「きみもぼくの妻なんだがね。だからどうだっていうんだ？　きみの言うとおりだったのかもしれない。無理に結婚したのが間違いだったんだ。しかし、ぼくとしては……」言いかけて、ばかばかしいと言わぬばかりに肩をすくめる。

「アレックス、お願い……」アレックスの腕をつかみたかった。が、どうしても勇気が出ない。

「これ以上話すこともないだろう」

「私の意見を言ってはいけないの？」

「きみは十分過ぎるほどはっきり意思表示してるじゃないか。ターリア、きみの勝ちだよ。きみの冷たさには負けた——腹の底から憎まれているのにそんな女性と暮らしてはいけない。たとえどんなにぼくときみが惹かれ合っていたにせよ——そんなことが本当にあったとして、だが——もうそれは過去のことさ。別々に暮らしたほうがお互いのためだ」

「でも、やり直すというわけには……」

終わりまで言わせずにアレックスは続けた。「ぼくが結婚を強行したために、きみが生涯苦しむのを見るのはいやだ。それに、手を触れようとするたびにびくっとよけられてたんじゃ、ぼくだって愉快じゃない。ぼくと同じ部屋にいるだけできみは神経をぴりぴりさせているじゃないか。もうだめだよ……我々は」

アレックスは言い捨てると同時に、家の方へ歩き出した。言葉を失ってターリアはアレックスの背中を見つめる。

五分後、屋敷を出て行く車の音が聞こえた。その後の時間をどうやって過ごしたのか、ターリアは覚えていない。機械的に話したり体を動かしてはいたが、心はアレックスでいっぱいだった。操り人形のように日課をこなしてベッドに横になったときは午前零時を過ぎていた。マッティは眠っている。

アレックスはもう帰ってこない。これからはずっと独りきり……荒涼とした日々が限りなく続くだろう。アレックスなしで生きていけるだろうか？

やっぱり話し合うべきだったのだ。せめてもう少し温かい態度を示していたら、マッティばかりでなく自分にも情を感じてくれたかもしれない。また傷つくことばかり恐れて、いつも心に冷たい鎧を着せていた。傷つく？　今だって苦しみ傷ついているではないか。会えないということは苦しみの極み以外の何物でもない。

マッティに会いにアレックスが来ても、二人はもう他人。そんな未来は考えるのもいやだ。たとえいろいろな問題があっても、アレックスと共に過ごした日々が最良のときだった。アレックスなしでは生きていても無意味なのに、自分のプライドばかり気にしていたとはなんと醜く、不毛の行いだっただろうか。

十八という感じ易い年ごろに、身も心も捧げたアレックスに裏切られたことは致命傷だった。二度と繰り返したくない地獄の責苦だった。そのことばかり頭にあって、あんな態度をとってしまったのだ。アレックスの言ったとおり、勝ったのだ。

けれども同時に、自分の人生もめちゃめちゃにしてしまった。ターリアは深いため息をついて、枕に顔を押しつける。

もしかしたら心のどこかで復讐を望んでいたのかもしれない。アレックスは欲望を隠そうとはしなかった。だから拒絶することによって、アレックスにひどい仕打ちをされた恨みを晴らそうとしたのかもしれない。アレックスに群がる女は大勢いるから拒絶されても別に困らないだろう。疲れ切っているのに、眠りはやってこない。起き出してたばこに火をつけ、部屋の中を意味もなく歩き回る。

痛む頭でいくら考えても、もう手遅れだろう。会いに行って心中を打ち明けても、事態は変わりようがない。アレックスは私を愛していないのだから。もうおしまいだとはっきり言ったではないか。涙で目がぼやけてくる。

ジョアナ・ドミニクが黒い髪を振り乱してアレックスに抱かれている場面がありありと目に浮かぶ。

衝撃的に受話器を取り上げてナイツブリッジのフラットの番号を回す。いくら鳴らしても誰も出ない。きっとジョアナと一緒なんだわ！

アレックスは努力しようともしないで、決めてしまった。もう取り返しがつかない。

もう一度ベッドに横たわって天井を見上げる。二本目のたばこに火をつけた。

茜(あかね)色の曙光(しょこう)がレースのカーテンを透かして射(さ)しこむころ、ターリアはようやくまどろみ始めた。次から次へと悪夢にうなされ、目が覚めたときは朝もだいぶ遅い時間だった。

ベッドのすそでマッティが飛びはねている。母親を見ると、にこっと笑った。

「お父(ダディ)さん、来たんだよ！」ターリアの腕に飛びこんできて、マッティが告げる。「洋服、着せてくれたの」

「ほんと？　ダディはどこにいるの？」

「お出かけしちゃった。ダディと見にきたら、マミーは眠ってたから、起こしちゃだめっにこっと笑いかける。

て」

「お出かけ?」ターリアは胸がむかむかした。マッティと一緒にここまで来たのに、一言も言わずに行ってしまうなんて。話もしたくないのかしら?

「うん」マッティは小さな両手をターリアの首に回して力いっぱい抱きしめた。「マミーのお守りをしなさいって、ダディがぼくに言ったの。さあ、起きて」母親の顔をのぞいて、にこっと笑いかける。

軽いノックの音がしてルイーズが入ってきた。朝食のトレイを手に持っている。「アレックスが電話をかけてきて、あなたの調子がよくないって聞いたの。本当にやつれた顔してるわ。お昼まで寝てらしたほうがいいわよ。マッティは私が見ていてあげるから」ルイーズはカーテンを引く。朝日が部屋じゅうに流れこんだ。

「いえ……私、もう大丈夫です。でも、アレックスが電話をしたんですか?」ターリアの覚めきっていない頭には、前後関係がのみこめない。

ルイーズはにこやかな笑顔でうなずき、マッティに手をさしのべた。「さあ、行きましょう。お母さんが朝ごはんを食べる間」

マッティは素直にベッドから降りて、ルイーズと一緒に出ていった。朝食の皿のふたを取ると、玉子とベーコンだった。ターリアは急いでふたをしめる。見るだけで吐き気がした。コーヒーだけを注いで枕に寄りかかる。

アレックスは結局、帰ってきたのか。寝顔を見られた恥ずかしさで、ひとり頬を染める。マッティは今朝はとりわけ幸せそうだった。アレックスに何を言われたのだろうか？ ルイーズは何も聞かなかったらしく、いつもの海外出張だと思っている。どうしてアレックスは説明しなかったのだろうか？ それに、どうして中途半端のまま行ってしまったのだろうか？

三十分後にターリアはベッドから這い出すようにして、シャワーを浴び、服を着た。だるくて、脱力感がひどい。一瞬たりともアレックスのことを考えないというわけにはいかなかった。

階段を降りながら呼吸を整える。マッティのためにしゃんとしなければならない。敏感な子だから、母親の気分にすぐ左右される恐れがあった。

ふと、四年前を思い出す。今とまったく同じ救いのない心境だった。もうだめかと、あのときは思った。だがなんとか切り抜けられた。またそうできるといいのだが……。

10

二日後、レオンが訪ねてきた。ターリアはソファに丸まって本を読んでいた。目は字を追っているが、心は彼方(かなた)をさまよっている。

玄関の呼び鈴が鳴った。せっかく誰にも邪魔されずに、ひっそりとしていたのに。ターリアはため息をついて、のろのろと玄関に向かった。

「レオン！」ターリアの顔が見る見る明るくなる。

レオンはかがんで、ターリアの頬にキスをした。

「さあ、どうぞ」ターリアはレオンを居間に招じ入れてたずねる。「お酒？ それともコーヒー？ コーヒーは今いれたところなんですけど」

「コーヒーをお願いしよう」コーヒーを注(つ)ぐターリアをレオンはじっと見ている。

「お目にかかれて、とっても嬉(うれ)しいわ」

「通りがかりなんだ——昔の同僚が近くに住んでいるんだ。あなたとアレックスを昼食に誘おうと思って、寄ってみたんだよ」

ターリアは下唇を軽くかんだ。「アレックスは留守なの。仕事で、ホノルルに行ったわ」

「そうか」レオンは青い目をターリアの顔から離さない。「マッティは？」

「ルイーズのところに行ってるわ。ルイーズはアレックスのお母さまのお友だちで、マッティととってもうまが合うの。二人で何時間でも絵を描いてるわ」いつになく饒舌(じょうぜつ)になっている。アレックスの話題を避けるためだった。「ところで、お元気？　お子さんたちは？　アリシアは？」

レオンはほほえむ。「アリシアとはなんとかうまくやってるよ。いろいろあったけど、今度は大丈夫そうだ」レオンは葉巻に火をつける。「ベルとビニーは学校が始まったし、ジェイクもようやくあなたから卒業しつつある。近所の女の子をデートに誘ったりし出したからね。アレックスと一緒に夕食に来てくれないか――子供たちも大喜びするよ」

「ありがとうございます」アリシアはいい顔をしないに決まっている。ターリアはどっちつかずの返事をした。

「電話して日を決めよう。アレックスはいつごろ帰国の予定なの？」

「私は……それが、よくわからなくて……私……」ターリアはいきなり泣き出してしまった。どうしていいかわからず顔を手で覆う。「ごめんなさい……私ったら……本当にごめんなさい」

レオンはハンカチを差し出す。「さあ、これを使って」思いやりのこもった低い声を聞くと、ターリアはいっそう泣きじゃくった。

レオンはターリアの背中に手をまわして、しっかりと自分の胸に抱き寄せた。嗚咽(おえつ)がしだいにおさまってくる。ターリアは鼻をかんで、頼りなげな目をレオンに向けた。

レオンは室内を見回して言う。「こういうときこそアルコールの助けを借りなくては」立って行って、ブランデーをたっぷり注いだグラスをターリアの手に押しつける。

「ありがとうございます」ブランデーの温かさが冷えきった体の隅々までしみ渡る。

レオンは促した。「さあ、みんな話してしまいなさい」

「別に何も……」

「ターリア、何かあることは、あなたの顔を見たとたんにわかったんだ。明らかに睡眠不足だし、悩みごとがある。それでも、別に何もないと言うの？　ぼくが役に立つこともあるかもしれないから、聞かせてくれないか」

ターリアは一息いれて、前置きなしに言った。「私たちの結婚は――おしまいなの！」

正直に言ってしまってほっとする。マッティとルイーズの前では幸せそうな顔をしなければならないのが神経にこたえて、くたくただった。

「どういう意味？　おしまいって」平静な声だが、レオンが驚いているのはターリアにもわかった。

「アレックスはもうここに帰ってこないのよ――ああ、レオン、私、辛(つら)くてたまらない！」

「何があったのか言ってごらん」

「結婚に同意しなきゃよかったんだわ。最初から失敗だったの。なんとかやっていけると思ったのが間違いだった。でも、私……」

「アレックスを愛してる、と言いたいんだね？」

ターリアはかすかな苦笑を浮かべる。「そんなにはっきりわかります？」

「愛してなければそれほど辛くはないだろう？」

「愛さずにすむならどんなに気が楽になるか――愛されてもいないのに、一瞬たりともアレックスを忘れることができないんです」

「アレックスに愛されていないって、それは本当なの？」レオンはけげんな声で念を押す。

「本当です。アレックスは最初から私を愛してなんかいなかったんです」涙の熱い塊がのどをふさぐ。哀れな自己憐憫の涙だった。

「ターリア、そんなに悲しまないで」レオンは思いやりをこめて言う。「思う存分悲しめたらどんなにいいか。この二日間、胸は張り裂けそうなのに、すべてうまくいっているという顔をしていなければならなかったの。アレックスを憎もう憎もうと努めたけれど、だめだったんです。思い出すのもいやなあの手紙が南米から届いたときでさえ……愛していました。アレックスを、とっても。それなのに、あのひとは行ってしまった。もう私、どうしたらいいかわからない……」

「ちょっと待って」レオンは穏やかにさえぎる。「手紙ってなんのこと？　南米から届いたって？」

「マッティが生まれる前の話です。革命か何かがあって、お友だちが殺されたので、アレックスがあちらに行ったのをご存じですか？」

「ああ、覚えている。クリス・ペンドルだね——気の毒だった。しかし、それとどんな関係があるんだい？」

「南米に行く前にアレックスととても親しくしていたんです。約束したのになんの連絡も来なくて、何週間もたってから彼の秘書から手紙をもらったの。手紙の絶交状なんて考えられます？　別れるなら別れるで、せめて直接私に口で言えばいいのに」ターリアは深いため息をついた。

レオンは眉間にしわを寄せて考えこんでいる。やがて疑わしげに言った。「南米からアレックスがあなた宛に手紙を送ってきたって？」

「ええ、そうです。あれは本当に最悪の……」

「待てよ、ターリア。そんなことはあり得ない」

「あり得ないって、事実なんですもの」

「そうかな？　それ、郵便できたの？　それとも」

「いえ、郵便じゃなくて……」

「当ててみせようか。辣腕ドミニク嬢だろう？」

「えっ？　まあ、そうですけど。でも、どうして手紙のことにこだわるんですか？　どういう方法で来ようと大差はないでしょう？」

「しかし、そのためにアレックスと、それっきりになったんだろう？」

ターリアの目に苦痛が色濃く出る。「ええ」

「だったら言うけどね、あのころ、ぼく自身あの国といろいろ取り引きがあって行かなきゃいけなくなりそうだったんだ。アレックスが出発する前の日に電話でぼくの関係先に連絡してくれるように頼んだ。アレックスは、連絡がとれたらすぐにぼくに知らせると約束してくれた。しかしアレックスからはなんの音沙汰もなかった。後で聞いたんだが、反乱軍が通信手段をすべて押さえてしまったんで、報道関係にさえなんのニュースも入ってこなかったらしい。アレックスが死んだという噂が流れて、株が上がったり下がったりした。これだけ言えばわかるだろう。アレックスはこっちからの通信は一切受け取ることもできなかったんだ――まして手紙を送るなんて、絶対に不可能さ」

ターリアは茫然としてつぶやく。「でも……手紙ももらったし、私も手紙を書いたの。アレックスから一カ月過ぎても便りがないんで……」

「その手紙もジョアナに渡したんだね？」

「ええ。書類と一緒に送るって言ってたけど……」

「何一つ送れやしなかったんだよ——ドミニク嬢に限らず。アレックスは南米に着くとすぐ行方不明になった。四カ月も音信不通だったんで、会社は大騒ぎしていた。到着四週間後に撃たれて、三カ月間、軍の病院に入っていたらしい。瀕死の重傷だったっていうから、手紙なんか送れるはずはないじゃないか」

「撃たれた？　本当に？」脳天を打たれた思いだった。

「詳しいことは知らないけど、そのあとイギリスに運ばれて何カ月も病院にいたんだよ。アレックスは一年近くも仕事ができなかったのに、本当に何も知らないの？」レオンはびっくりしている。

「いえ、ちっとも。手紙が来てからは……」

「手紙はドミニク嬢の創作さ」

「まあ……でも、どうして？　どうしてそんなにひどいことができるの？」ターリアのショックは深い。

「アレックスを手に入れたかったんだろう。そのためには、どんなことでもやる気だったんだ。あなたのようにすれていないお嬢さんなんか、あの計算高い性悪女にとっちゃ、赤児の手をひねるようなものだっただろう」

ターリアの顔は蒼白になっている。「なんというひどいことを！　信じられないわ！」

「ぼくだってあの女の首を絞めてやりたいくらい腹が立つよ！」レオンも怒りを抑えた声で言う。

ターリアは弱々しい微笑をもらした。「私が首を絞める紐を探してくるわ！」あまりにも意外な事実を聞かされた動揺が激しくて、まともに考えられない。落ち着こうと努力しながらレオンの腕に手をかけた。「いろいろ教えてくださってありがとう」

「しかし、あなたが何も知らなかったとはなあ」

ターリアはため息をつく。「だって、アレックスに捨てられたと思い込んでいたんですもの。妊娠してたし。九カ月間というもの、死んだも同然という状態だったから、空が落っこちてきたって気がつきはしなかったわ」

「ロミオとジュリエットみたいな〝幸薄き恋人二人〟ってわけだな？」

「それ以上だわ。だって、手紙は送ったんじゃなくても、アレックスが私を愛してないことには変わりないんですもの」その証拠にイギリスに帰ってきてからも電話さえくれなかったではないか。

「だが、それもわからないじゃないか。手紙の一件で、あなたがまったく知らない事実が出てきた。ほかにも知らないことがいろいろあると思うよ」レオンは淡々と言って、ターリアに笑いかける。

レオンの微笑に力づけられて、ターリアは頬にキスした。「あなたって、素敵な方。本当にありがとう」

ターリアは昼食の誘いは辞退した。食事どころではないというターリアの気持を思いやって、レオンは強いて勧めずに帰っていった。

もう一度ソファに座り直してターリアは考えこむ。今でもあれを読んだときの衝撃を鮮明に覚えている。それをぬきにしてはその後の自分の人生は考えられない。唯一の真実とさえ言えるくらいだった。

ターリアは声を上げて笑う。涙がぼろぼろ頬を伝い落ちた。あの手紙が偽りだなんて。ジョアナ・ドミニクも一緒にホノルルに行ったのではないだろうか？　きっとそうに違いない。両手で顔をおおい、肩を震わせて泣きじゃくる。

その日の午後、ルイーズに会いに行った。ルイーズは庭でスケッチをしていた。

「お茶を沸かしたんですけれど」ターリアは努めて朗らかな声を出したが、自分の耳にも不自然に響く。

「まあ、ちょうど欲しかったところよ！」ルイーズはスケッチブックをほうり出して腰をおろした。

ターリアは紅茶を注ぎながら思案する。ルイーズはアレックスの長年の知人なのだから、南米に行っていたころのこともすべて知っているだろう。ききたいことがいっぱいある。

だが、どう切り出したらいいだろうか？　いつも物静かでしとやかなルイーズの前に出ると、ターリアは自分がひどくがさつな娘のように思えて気おくれしてしまう。ルイーズの上等な仕立てのパンツやしゃれたブラウスと、自分の色褪せたジーンズやTシャツを見比べていたら、ひとりでにため息が出た。ルイーズと自分とでは別世界の人間同士ではないか。

「どうかしたの？」ルイーズがため息を聞き咎める。

「別に」反射的に否定してからターリアは慌てて言い直す。「あの、本当は嘘なんです。アレックスのことについておききしたいことがあるの」

「なんでもきいてちょうだい」

ターリアはまず息を深く吸いこんで、話し出した。「南米にアレックスが行っていたときのことです。アレックスは撃たれて怪我をしたそうですね」あの傷跡がそうだったのだ。思い出すたびに胸が引きつる。

「そう、撃たれたわ。だけど、何が知りたいの？　いったい」ルイーズは怒っているらしい。なぜだろう？

「全部です」

「でも、そんなこと……」ルイーズは急に口をつぐみ、テーブルの上の銀の箱から細い葉巻を出して火をつけた。「ターリア、ごめんなさい、失礼なこと言って。ずいぶんおせっかいなおばあさんだと思うでしょうけれど、私、アレックスが好きだから気になるのよ。どうもあなた方二人、うまくいってないんじゃないかとしか思えなくて」

ターリアは赤くなってうつむく。ルイーズは続けた。「あなたと結婚するってアレックスに言われたとき、私、実はとっても心配だったのよ。アレックスは子供のころからロマンティストだったから」

「心配なさったって、お会いしたこともなかったのに？」人違いではないだろうか？

「もちろんお会いしてはいなかったけど、いろいろ知ってたから。ここにいらっしゃると聞いたときも、お友だちになれるかどうか不安だったわ」

「どうしてですか？　アレックスが何か言ったんでしょうか？」ターリアにはなんのことやら腑に落ちない。ルイーズこそ疑問を解き明かしてくれる人物ではないだろうか？

「アレックスは決して何も言わないわよ。でも差し出がましいこと言ってごめんなさい」

「それよりどうして私がお嫌いだったんですか？」

「アレックスの病気が重くてあれほどあなたに会いたがっていたのに、来てくださらなかったからよ」

「えっ？　私が？」あまりのことにターリアは言葉を失う。「ルイーズ、お願いです。なんのことか説明してください。南米でアレックスが怪我したことも今朝聞いたばかりなんです。どうぞ、全部話して」

思いつめたターリアの顔から何かを察知したルイーズは話し出した。「ホテルから会社に向かう途中でアレックスは銃撃戦に巻きこまれたのよ。向こうの病院の環境がひどかったらしくて、イギリスに帰されたときは熱病にかかっているし、敗血症で腕を切る恐れもあったの。私は何週間も病院でつきっきりにしていたけど、アレックスはあなたの名ばかりくり返していたわ。もちろん私は、あなたがどこの誰なのかわからなかった。でも、ターリアって、とても珍しい名前でしょう？　で、ドミニクさんにきいてみたの。そうしたら、あなたのこと知ってるって言うから連絡してもらうように頼んだの。なのに、とうとうあなたはいらっしゃらなかったから、私は……」

ターリアは体を震わせて泣き出した。「知らなかったんです！　ちっとも知らなかったの！」

「ドミニクさんから連絡がいかなかったの？」

「いいえ、一度も。本当なんです。私は……私は……アレックスが会いたがらないんだと思いこんでいて……。知ってさえいたらもちろん……」涙があとからあとから出てきて、口がきけない。

ルイーズはターリアを抱きよせて背中をさする。真の友情が芽生えたのはこのときからだった。

ターリアは泣き疲れて目をぬぐう。精根尽き果てた感じだった。泣きはらして真っ赤なターリアの目にルイーズは笑いかけ、紅茶をカップに注いだ。

ターリアはたばこに火をつけて、もう一度アレックスのあの傷跡を思い出す。病の床で私の名を呼び続けてくれたなんて……。たとえ今となっては手遅れでも、それを知っただけでも十分だ。「アレックスが撃たれて怪我をしたことさえ、ついさっきまで知らなかったんです」

「ドミニクさんが悪いんだわ。私はそんなこととはつゆ知らず……」

「もう過ぎたことだし、今更どうしようもないんです」ターリアは紅茶をかき回しながら沈んだ声で言った。「アレックスはもう帰ってこないんだから」

「あなた、アレックスを愛しているんでしょう?」ルイーズは優しく口をはさむ。

「ええ。でも、もうだめ、手遅れなんです」

「マッティは? アレックスはとってもマッティを大事に思ってるじゃない」

「ええ、でも、私のことはどうでもいいんです」

「本当にそうかしら?」ルイーズは不意にほほえむ。「アレックスのことをよく知っているから言うんだけど、それはあなたの思い違いよ。病院にいたときのことから考えてアレックスがあなたを深く愛してるのは確実です。ただ、あなたに拒否されたと思ってあれ以来、ひどく気難しくなったのよ。でも、結婚したら変わるだろうと思っていたの。彼はちょっと怖がってるのよ、きっと。あなたにまた拒まれてプライドを傷つけられるんじゃないかって。心を開ききれないのね。それはあなたも同じでしょう?」

怪我をして帰国したときそれほど自分を呼んでいたとしたら、今でもまだ愛情が残っている可能性はあるだろうか? たとえわずかでも残っているとしたら、もう一度だけやり直さなければならない。アレックスなしに生きていても甲斐がなかった。

「でも、ドミニクさんが……」

「あのひとなんか——そりゃ、デートしたことくらいはあるでしょうよ。だけどアレックスはあのひとを好きになったことなんか一度もありません。賭けてもいいわ」ルイーズはきっぱりと言った。

「私、どうしたらいいかしら?」

「もうわかってるでしょう? マッティは私が面倒みててあげるから心配しないで行ってらっしゃい」

「でも私、アレックスはどこに泊まってるのか知らないんです」何もかも急に動き出してターリアは戸惑う。

「わかってるわよ、私が」ルイーズはにっこりして、ポケットから折りたたんだ紙片を取り出した。

「ご存じだったんですか?」ターリアは笑う。

ルイーズは、ターリアの目に浮かぶ一抹のためらいを見て言った。「早く飛行機の予約をして。アレックスを愛しているんだったら、もう逃がしちゃだめ。ドミニクさんなんかに邪魔されちゃだめよ」

ターリアは椅子から飛び上がってルイーズの頬にキスをする。「ありがとうございます!」言うが早いか、家に向かって走り出していた。

11

ロサンジェルス経由の便しかとれなくて、ホノルルに着くまで途方もなく長い日数を飛んでいたような気がする。

飛行機がホノルルに着陸するとターリアはすぐに地図を買って、ワイキキの大きなホテルにチェック・インした。シャワーを浴びて服を着かえる。

どきどきする胸を無理に抑え、部屋のバルコニーに腰をおろして冷たい飲みものをすすった。眼下に広がる白い砂浜にはやしの木が点々と生えていて、日光浴をする人々で溢れている。目をみはるほど美しい青緑色の海とそびえ立つダイアモンド・ヘッドは観光客の憧憬に値する絶景だった。

けれども、ターリアは観光客ではない。愛する男との結婚の破綻を救いたい一心でイギリスからここまでやって来たのだ。来てしまったのだから深く考えないことにしよう。考え出したら最後、行動に移す勇気が消え失せてしまうだろう。ルイーズの家の芝生でお茶を飲んでから何年もたったような気がする――つい昨日のことなのに。

髪をかきあげて額の汗をぬぐう。太陽が容赦なく照りつける。まずなんとアレックスに言ったらいいだろう？ どんなふうに説明しよう？ にべもなく突き放されるかもしれない。アレックスなしの人生を考えれば、それは覚悟のうえだった。一か八かやってみるしかない。唇をかみしめて立ち上がった。

今すぐアレックスの泊まっているビーチハウスに行かなくては。ハンドバッグをつかんで部屋を横切る途中で、大きな鏡をのぞく。

ほっそりした背の高い女が思いつめた目を大きく見開いてこちらを見ている。艶のある髪が肩のあたりで波打っていた。短いショーツからすんなりとした脚が伸びている。美しいと思われたかった。しかし、諺にあるではないか。物もらいにえり好みする権利はない、と。もう少しきちんとした服装をすべきではないだろうかとためらう。が、すぐに思い直す。服装そのものより、少しでも時間を稼いで出かけるのを先に延ばそうという自分の魂胆なのだ。

ターリアは急いで部屋を出た。ビーチハウスはすぐに見つかった。

車を降りて深呼吸をする。玄関のベルを鳴らして待った。応答がない。もう一度鳴らす。どうぞここにアレックスがいてくれますように。依然として誰も出てくる様子がない。

緊張のあまり体がこちこちになっている。この家の裏の出入口はどこだろうか。もし裏口がなかったら待たなくてはならない。いったんホテルに帰ったら、もう二度と出かけてくる勇気はないだろう。

裏に出たとたんに、ターリアは棒立ちになった。目の前の砂浜の波打ち際に、アレックスがこちらに背を向けて立っている。水平線にじっと目を向け、たばこをくゆらしていた。腰にぴったりついた古いジーンズをはき、青い袖なしのシャツを着ている。どことなく孤愁の漂う背中をターリアは食い入るように見つめた。ああ、どんなにこのひとを愛しているか。サンダルを砂にめりこませて、
足音はしないのに、アレックスは不意に振り返った。真ん前に立っているターリアに驚きも見せず、淡々と言った。「やあ、ターリア」表情は硬く、笑いもしない。ターリアは、その場にへなへなとくずおれそうな気がした。

「どうして来たの？」アレックスの目はすうっと滑りおりてターリアの長い脚にとまった。心臓が口から飛び出しそうに騒ぎ立てている。

「私……私……」なんと言えばいいのだろう？　愛しているとでも……？　けれどアレックスの顔には、自分を一度でも愛したことがあるしるしなど、どこを探しても見つからない。冷たくよそよそしい異邦人だった。ターリアは唇をかんで下を向く。日光を反射した金褐色の髪が燃えるようにきらめいていた。

アレックスはじっとターリアを見つめている。

「アレックス、私……」どうしても言葉が出てこない。「なんて言ったらいいかわからな

いの」ターリアはささやいた。

「何か飲むかい？」ターリアはうなずき、アレックスの後から竹のブラインドをくぐって広々とした居間に入った。大理石の床がひんやりと快い。

「何がいい？」このひとはこんなに背が高かったのだろうか？　ターリアは改めて思う。

「氷を入れたオレンジ・ジュースをたくさん。少しジンを入れてくださる？」室内を見回しているふりをしてアレックスの動作を目で追う。

アレックスがグラスを渡すとき、手が偶然触れた。ターリアはグラスを落としそうになる。その狼狽ぶりをアレックスは無表情な目で見ていた。

「どうして来たのか、言ってないじゃないか」

「ルイーズが……ルイーズから聞いたの。あなたが病院で私の名を呼んでたって」ターリアは思い切って言った。

「ルイーズが？　余計なことを！」

「本当なの？」

「高熱でうわごとを言ったんだよ。そんなとき誰の名を呼んだか、いちいちおぼえていられるか」

「おぼえてるはずよ！」アレックスはわざとこういう言い方をするのだ。ターリアはアレックスの顔をまっすぐに見てくり返す。「おぼえてるはずよ！」

アレックスはあるかなきかの微笑を浮かべる。「それがそんなに重要か?」

「知りたいの」

「そうか——だったらそのとおり。きみを呼んだ。それを聞きにわざわざホノルルまでやって来たのか?」嘲(あざけ)りとしか言いようのないアレックスの目とぶつかると、ターリアは傷つかずにはいられなかった。

「なんと言えばきみは気がすむんだ?」アレックスは荒い言葉を続ける。「きみが来なかったから殺してやりたいくらい腹が立ったとでも言えばいいのか? いい加減にしてくれ、ターリア。今更むし返して何になる? 我々は一緒にいれば相手を傷つけるばかりなんだ。もうだめだよ、これ以上は。マッティだってかわいそうだろう——両親の不和のとばっちりを受けるんじゃ。こんなとげとげした空気の中で育てたくないよ。とにかくもうおしまいだ」

やっぱりだめだった。とどめの一撃を受けに、はるばるイギリスからやって来たようなものだった。もうここには一刻もいられない。ターリアは黙ってドアに向かう。皮膚がすべてはげ落ちて、神経だけがひとり歩きしているような気がした。絵が掛かった廊下を玄関とおぼしき方向へ進む。

ドアの前まできたとき、向こう側からドアが開いてジョアナ・ドミニクが入ってきた。ターリアは立ちつくして自分に言い聞かせる。こんなことだとわかっていたはずではないか。

「あら、もうお帰り？」ジョアナ・ドミニクは気取った薄笑いを浮かべる。

ターリアの胸の奥でたまりにたまっていたものがとうとう爆発した。しゃれたサンドレスを着たジョアナをターリアは上から下まで眺め回す。日焼けして自信満々の美しい女。この女が考え得る限り卑劣な手段で自分の幸せを奪ったのだ。アレックスと一緒にこの家に泊まっているのは一目瞭然だった。この女は望みどおり勝利を得てとくとくとしている。

「実は、あなたとお話ししたくて来たんです」ターリアは冷ややかに笑ってみせた。アレックスを失いはしても、この女を黙って見逃すことはできない。

「どうぞ、どうぞ。でも時間がないから早くしてくださいな」ジョアナはよどみない返事を返す。

「私だって時間はありません。だけど、質問に答えていただきたいんです。まずアレックスが入院していたとき、彼が私を呼んだのに一度も連絡をしてくださらなかったのはどういうわけですか？」

ジョアナ・ドミニクは横柄な笑い方をしてとぼけた。「なんのことかしら？　私にはわからないけど」

「あなたは嘘をついてらっしゃるんです。うまくやったとお思いでしょうけれど、みんなわかっちゃったんですよ。アレックスにどう弁解なさいます?」アレックス云々は嘘だったが、そんなことに構ってはいられなかった。とにかく白状させなくては。

ジョアナは顔を真っ赤にして意地の悪い目つきをする。「それはね……」

ターリアはさっとさえぎった。「私の話を聞いてからにしてください。アレックスから来たという偽の手紙のことも説明してもらいたいんです。あれはやり過ぎでしたわね。そうではありません、あなた?」ジョアナの口真似でしめくくる。捨て身の落ち着きには我ながら驚く。しかしそれはうわべだけで、内心はがたがた震えていた。

ジョアナ・ドミニクの顔色の変化を観察しているうちに、ターリアはあることに気がつく。この女は決して勝利を得なかったのだ。あんな汚い手を使ってまで執着したアレックスは結局この女の手には入らなかったのだ。

「アレックスにふられたんでしょう?」気の毒にさえ思えた。どうして今まで気がつかなかったのだろう?

ジョアナ・ドミニクは口をゆがめてターリアを罵り始めた。すっかり逆上した様子で、マニキュアをきれいに塗った手を振り上げる。

なぐるつもりかしら? なんという醜い場面を二人で演じているのだろう? ターリアはぞっとして身動きもできない。

そこへ、アレックスの声が笞のうなりのように響いた。ジョアナ・ドミニクは手を振り上げたまま立ちすくむ。ターリアはびっくりして振り返りアレックスの顔を見たとたんに、二人のやりとりを何もかも聞かれてしまったのを悟った。

アレックスの目にも口元にも、いや、体ぜんたいに怒りが現れている。ターリアはしっかと腕をつかまれて、元の居間に連れ戻されてしまった。「ぼくが戻ってくるまで待っていてくれないか」優しく、それでいて決意をにじませた声だった。

「でも、私……」

「お願いだ、ターリア。待っていてくれ」

アレックスの目の温かさに胸をつかれ、ターリアはこっくりをする。「よし」アレックスはにっこりしてターリアの顔に触り、部屋を出ていった。

ターリアは窓際に行って、まばゆい光の溢れる砂浜を眺める。頭はジョアナ・ドミニクとの対決を追っていた。ジョアナがやったことは許そうと思っても許せないだろう。それなのに、かわいそうな気さえする。あれほど自分のものにしたかった男を結局は手に入れられなかったのだから。いや、こんなふうに同情するなんておめでた過ぎる。それが私のいけないところ。たばこに火をつけて深く吸いこむ。このところ吸い過ぎだ。けれども、そうならざるを得なかった。

どうしてアレックスは待っているように言ったのだろう？　二人の間は終わりだと、自分で言ったばかりなのに。これ以上何を話しても傷つくばかりではないか。ターリアは衝動的に家を飛び出して、レンタカーを停めてきた場所に歩いた。

　家の角を曲がるところでアレックスに追いつかれ、ぐるっと後ろを向かされた。

「待ってるって言ったのに」

　ターリアは自分の腕にかかったアレックスの日焼けした指に目を当てて、ごくんと唾を呑みこんだ。

「待たないことにしたの。ホテルに帰るわ」

「だめだ。どこにも行かせない」

「痛いわ！」ターリアの言葉には耳もかさずにアレックスはいっそう手に力をこめ、謎めいた目つきで見おろしている。

「痛くしてやりたいよ！」

　ターリアは驚いてきき返す。「どうして？」

「当ててごらん」アレックスはおかしそうに笑い声を上げる。

「わからないわ……」

「きみはわかったことなんてありゃしないよ」

　いつの間にか砂浜の波が泡立つ水際まで来ていた。アレックスはまだ手をターリアの腕から離さない。「はじめて、いきさつがわかった。ターリア、どうしてきみはここに来たの？」

アレックスの目を見る勇気はなかった。「なんと言えばご満足? 会いたかった、手紙はいんちきだということがわかったのを言いに来た、と言えとおっしゃるの?」傷を浅くするためには怒りに逃げこむしかなかった。

「ぼくが欲しいものはなんだか、ようく知ってるくせに」アレックスはしゃがれ声で言い、手をターリアの腕から上へ滑らせ、長い指で首筋からあごを撫(な)でた。ターリアはぴくっと震える。

「ええ、知ってますとも! マッティでしょ?」

「いや、きみだ。マーク・フィッツジェラルドのオフィスで最初にきみに会ったときからずうっときみが欲しかったんだ」ターリアははっと顔を上げる。

「まさか……」

「いや、そうなんだ。きみを見たとたんにぼくは恋に落ちた。きみが可愛くて可愛くて、目を離すこともできなかった。だが、きみは若くてうぶだったから、辛抱強く時間をかけてぼくのものにしたいと思った。あの夜だって、ベッドに行くつもりはなかった。結婚の申し込みをしたかったんだよ。ただ南米の危険な状勢を考えれば帰ってこられないこともあり得る。それで言い出せなかったんだ」

ターリアは嬉(うれ)しさで心も体も跳びはねるような感覚をかみしめていた。

「病院のことはよくおぼえていないけど、どんなにきみに来てほしかったか。あとできみを捜しはしたよ。だが、きみの行方は皆目わからなかった」

「撃たれたなんてちっとも知らなかったの。絶交状をジョアナ・ドミニクが持ってきたときは、てっきりあなたからだと思いこんで――それに、ジョアナはあなたの愛人だってはっきり言ったの。それからマッティが生まれたことを言いに、あなたのオフィスに行ったことがあったの。ガラス戸越しにあなたがジョアナを抱いているのが見えたわ。私は絶望して、フランスでの勤め口を見つけたんです。イギリスには辛くてとてもいられなかったから」

「あの女の首をへし折ってやりたいよ!」

「あの人、どうしたの?」

「帰らせた。最初の便でイギリスへ帰れって言ってやったよ」アレックスは、ターリアの髪をかき上げて顔を両手にはさみ、親指で頬をさすった。「あのレストランでケイトと一緒のきみを見つけたときは、もう見つからないとあきらめたあとだったから、今度こそは放さないぞと心に誓った。レオンの家で働いているのをつきとめたんで、ディナーに招待されるように仕組んだんだ」

「でも、ジョアナを連れてきたじゃない」アレックスと話しているという幸福感で体がうずく。

アレックスは肩をすくめた。「だって仕事が名目のディナーだもの。それに、誰と行こうが、目的はきみしかなかったんだから。きみを知ってからほかの女にはまったく感じなくなったんだ。しかし、あの晩、きみに子供がいると知ったのはこたえたよ。ほかの男の子供をきみが産んだかと思うと、嫉妬で気が狂いそうだった。ぼくの子だとわかったのはいいが、何がなんでも結婚してしまおう――さもないと、きみをまた失うことになる。それしか頭になかった。結婚してしまえば、ゆっくりと時間をかけてきみがぼくを愛するように仕向ければいいと思った」アレックスは口をへの字にして苦笑いする。「しかし、そうはうまくいかなかった。きみを見るとつい手が出ては、きみにいやがられる。お互いに傷つけ合うばかりだ。きみを自由にしてやれないだろうか？　ぼくは自分にそうきいた。あのけんかした日の夜、ぼくは朝まで車を乗り回して考え抜いた。家に帰ってきみの寝顔を見ているうちにやっと決心がついて出かけてきたんだ。きみのそばにいたら、自分のものにしないではいられなかっただろう。さっき、きみがここに来たとき、ちょうどぼくはきみのことを考えていた。だから自分の目を疑ったよ――振り返ったらきみが立っていたんだから」

「ああ、アレックス。マッティのために私を引きとったんだとばかり思ってたのよ。私の気持を打ち明けても傷つくばかりだと思って」

「で、きみの気持は？」アレックスの声はかすれている。ターリアは灰色の目をのぞきこんで言った。

「愛しています、とても、とても。またあなたに捨てられたら生きていられないくらい」

アレックスの胸にしっかりと抱かれて、最後の言葉は聞きとれなくなりそうだった。

アレックスのキスは狂おしいばかり激しく深く続く。ターリアはすぐさまアレックスを受け入れた。二人とも長い間の渇きをいっきに癒そうとするかのように求め合い、そしてこたえ合う。

「ああ、ターリア」アレックスは顔を上げてうめいた。「どんなにきみを愛しているか——もう決して放さないぞ」

「ベッドに連れて行って」熱に浮かされたときに似た潤んだ目をしてターリアはささやく。「あなたに抱いてもらいたくてたまらないの」軽々とアレックスに抱き上げられ、家の中に運ばれる。

限りない力を秘めたこの腕。どんなにこの腕に抱きしめられたかったことか。それなのに、もう少しで永遠に機会を失うところだった。ターリアはぞっとしてアレックスの首にしっかりとしがみつく。

アレックスは寝室のドアを足で閉める。ほの暗い涼しさに包まれたベッドにターリアを横たえて、のどに唇を押し当てた。「美しいひと」

ブラウスを脱がせながら、アレックスはもう一度念を押す。「ターリア、本当にこうしたいんだね？　後でいやだと言ってもだめだよ」

ターリアは灰色の目をじっとのぞきこんだ。奥には長い間、人知れず燃えていた愛の炎がゆらめいている。

「ええ、本当にこうしたいの」ターリアは両手を伸ばしてアレックスの肩に触り、このうえもなく優しい微笑を浮かべる。「でなければ、死んでもいい」

アレックスは息を吸いこみ、かすれた声で言った。「愛している」

ターリアの体を言葉が突き抜けていった。途方もなく長い時間、この言葉を待ちに待って待ち続けた。アレックスにキスを返してしみじみと思う。待った甲斐(かい)があった、と。

●本書は、1985年1月に小社より刊行された作品を文庫化したものです。

初恋のひと

2024年3月15日発行　第1刷

著　　者／パトリシア・レイク
訳　　者／細郷妙子（さいごう　たえこ）
発 行 人／鈴木幸辰
発 行 所／株式会社ハーパーコリンズ・ジャパン
東京都千代田区大手町 1-5-1
電話／04-2951-2000（注文）
0570-008091（読者サービス係）
印刷・製本／中央精版印刷株式会社
表紙写真／© Iuliia Tarasova | Dreamstime.com

ISBN978-4-596-53805-5